Jacob-Heinrich Andreae

Leben und Schicksale des Gottfried Andreae

Ein Beitrag zur pfälzischen Geschichte aus dem XVII. Jahrhundert

Jacob-Heinrich Andreae

Leben und Schicksale des Gottfried Andreae
Ein Beitrag zur pfälzischen Geschichte aus dem XVII. Jahrhundert

ISBN/EAN: 9783743677913

Hergestellt in Europa, USA, Kanada, Australien, Japan

Cover: Foto ©Raphael Reischuk / pixelio.de

Weitere Bücher finden Sie auf **www.hansebooks.com**

Leben und Schicksale

des

Gottfried Andreae

herausgegeben

von

Jakob Heinrich Andreae
Rektor zu Alzei.

*

Ein Beitrag zur pfälzischen Geschichte
aus dem siebenzehnten Jahrhundert.

bei Tobias Löffler in Mannheim
1798

Leben und Schicksale
des
Gottfried Andreä.

Schon jene Zeiten, in welchen unser Gott
fried Andreä lebte, lassen vermuthen, daß
Er nicht immer Tage der Freude und Wonne genoß
Nicht deffen Leben und Schicksale allein brachte
mich auf den Gedanken, dieselbe zu beschreiben;
sondern ich fand auch bei Durchlesung der Hand
schrift dieses Biedermanns mehrere interessante
Stellen, die der Nachwelt bekannt gemacht zu
werden verdienen. — Besonders aber beweißt diese Lebensgeschicht, daß in damaligen Zeiten mehr
Biederkeit und Herzensgüte als in unserm aufgeklärten Jahrhundert herrschte und die Menschen
beseelte. Sie gibt uns Beispiele von der damaligen Kirchlichen Verfassung, die seit jenen Zeiten
manchen electrischen Stoß empfinden mußte. — Sie
stellt uns einen großen und weisen Fürsten dar,

dem das Wohl seiner Unterthanen am Herzen lag, der lieber die Hütten der Armen als die Palläste der Reichen besuchte, weil er im erstern Edelsinn und Biederkeit fand, und seine Hülfe und Unterstüzung da reichliche Früchte trug.

Mein Väter 1) hat zwar das Leben dieses Gottfried Andreä in lateinischer Sprache kürzlich beschrieben, da aber dieses in wenig Händen ist, und von den Meisten nicht verstanden und gelesen werden kann, so entschloß ich mich dasselbe in unserer Muttersprache denen Freunden der Pfälzischen Geschichte, deren Anzahl freilich sehr gering ist, zu überliefern.

Unser Gottfried Andreä erblickte das Licht der Welt den 27 Julius i. J. 1611. zu Braunfels, der Hauptstadt des Fürstenthums (damaligen Grafschaft) Solms Sein Vater, der M. Tobias Andreä war damals Pfarrer und Inspektor der ganzen Grafschaft, und seine Mutter Margaretha war die erstgebohrne Tochter des Johann Piscator, damaligen o. ö. Lehrers der Gottesgelehrtheit zu Herborn.

---

1) I. H. Andreae Crucenacum Palatinum cum ipsius Archisatrapia illustratum. Heidelb. 1784. Pag. 340 — 377.

Schon in seiner zarten Jugend, denn Er hatte noch nicht das fünfte Jahr erreicht, mußte Er des Schicksals Schläge empfinden, indeme sein V a t e r, nachdem er zwei und zwanzig Jahre seiner Lehrstelle in Braunfels vorgestanden hatte, i. J. 1616. starb, und z e h n lebendige Kinder hinterließe, nemlich a c h t Söhne und zw e i Töchter, von welchen die jüngste Tochter J o h a n n e t t a auf den Tag getauft wurde, an welchem man den Leichnam des Vaters zu seiner Ruhestätte brachte. Die betrübte und höchst schmerzliche Lage, in welcher sich die hinterlassene Witwe befand, läßt sich nur fühlen, aber nicht beschreiben. Sie ertrug als eine fromme Hausfrau ihr Schicksal mit Gedult, verließ sich auf den Beistand Gottes, und tröstete sich mit den lezten Worten ihres verblichenen Ehegemals, die Er bei seinem Abschied mit zitternder Stimme zu Ihr sprach: H a u s f r a u b e k ü m m e r t euch n i c h t a l l z u s e h r um m e inen T o d, v e r l a ß i c h euch n i c h t g r o s G e l d und G u t, so v e r l a ß e i c h Euch einen g n ä d i g e n und b a r m h e r z i g e n G o t t, der Euch und eure K i n d e r v e r s o r g e n w i r d.

Johann Michael Andreä war der älteste Sohn des Verstorbenen, er starb als Conrec-

tor des Gymnasiums zu Emden in Ostfriesland,
und hinterließ zwei Töchter, von welchen die älteste den Pfarrer Conrabi, zu Sohren auf dem
Hundsrück geheurathet hatte, die andere aber le-
dig in der Blüthe ihrer Jahre diese Zeitlichkeit
verließ.

Johann Albert war der zweite Sohn,
der aber als Candidat der Gottesgelehrheit starb.

Christian hieß der dritte Sohn, dieser
starb als Pfarrer zu Rutermohr in Ostfriesland.

Wilhelm, der vierte Sohn, war Apotheker
in Bremen, dieser hinterließ zwei Söhne und
zwei Töchter. Dessen ältester Sohn Johann
wurde Pfarrer zu Steeg bei Baccharach, und hernach Inspektor zu Simmern auf dem Hundsrücken,
er hatte die Stieftochter des Doktor Meidners
zu Kreuznach, eine gebohrne Hecht, geheurathet,
mit welcher Er einen Sohn und eine Tochter gezeugt
hatte. Er starb einige Wochen nach seinem Auf-
zug zu Simmern, und seine hinterlassene Wittwe
heurathete nachher den Sohn des Alzeier Inspektors Floret, der Pfarrer zu Kettenheim bei Alzei gewesen ist.

Tobias, der fünfte Sohn, starb zu Gröningen als o. ö. Lehrer der Geschichte und
Griechischen Sprache, Louis de Geer in Amsterdam war dessen Schwiegervater, die mit seiner
Frau erzeugte Neun Kinder aber starben theils
in ihrer Jugend, theils in ihren mannbaren Jahren, so daß der Vater kinderlos diese Zeitlichkeit
verlassen mußte, und sein beträchtliches Vermögen wieder an die Geersche Familie zurück
fiel.

Ernst, der sechste Sohn, war vierzehn
Jahre Pfarrer in Danzig, im Jahr 1651. aber
wurde Er auf Befehl des Kurfürsten Karl Ludwigs als Inspektor und Pfarrer nach Weinheim
an der Bergstraße berufen, woselbst Er aber schon
den 23. Merz i. J. 1652. diese Welt verließ, und in die
Karmeliter Kirch begraben wurde. hinterließ
zwei Söhne und drei Töchter; der älteste Sohn
Samuel wurde nachher Doctor und o. ö. Lehrer der Gottesgelehrtheit zu Marburg; der zweite
Sohn Abraham war Pfarrer zu Heidelberg,
wurde hernach Inspektor zu Germersheim, als
aber die Franzosen diese Stadt eingenommen hatten, zog er als Inspektor nach Baccharach, von
da kam er als Pfarrer nach Speyer, weil aber die-

se Stadt von den Franzosen verbrannt wurde, so wanderte Er nach Heidelberg, woselbst Er als Pfarrer in der Klosterkirche angestellt wurde, von da wurde Er als o. ö. Lehrer der Gottesgelehrheit und als Hofprediger nach Frankfurt an der Oder beruffen 2).

Friedrich, der siebente Sohn, starb schon i. J. 1622. sechs Jahre nach seines Vaters Tod.

Gottfried, zu dessen Lebensgeschichte ich nun zurückkehren will, war der achte und jüngste Sohn.

Die drei ältesten Brüder unsers Gottfriebs, Johann Michael, Johann Albert, und Christian studierten zu Bremen, Wilhelm Tobias und Ernst aber waren zu Herborn bei ihrem Oheim Philipp Ludwig Piscator, unter dessen Aufsicht sie ihre Studien fortsezten; als der Vater starb. Die Mutter erfüllte treulich ihre Pflichten, und schickte ihre beide jüngste Söhne Friedrich und Gottfried in die Schule, verband damit eine gute häusliche Erziehung 3),

---

2) Mehreres hievon lese man in meines Vaters Weinhemium Palatinum instrata montana. Heidelb. 1779 pag. 33. und in der Fortsezung dieser Geschichte.

3) O wie sehr wird in unsern Zeiten die häusliche Erziehung vernachläßigt, ohne welche doch der öffentliche

genoß aber auch das Seelen Vergnügen, daß ihre
Kinder als fleißige und wohlgesittete Knaben geliebt wurden.

Nach Verlauf eines Jahrs zog die Mutter mit
ihren Kindern nach Herborn, und erfüllte dadurch den Wunsch ihres Vaters, sie kaufte sich
daselbst ein Hauß, gab vielen daselbst Studierenden Kost und Wohnung, und lebte vergnügt
in dem Zirkel ihrer Freunde und Kinder. J. J.
1622. aber starb ihre Mutter, und kurz nachher
wurde Ihr auch der geliebte F r i e d r i c h entrißen,
sie verkaufte nun ihr Hauß, zog zu ihrem Vater,
versah dessen Haushaltungs-Geschäffte, und Gottfried machte unter der Leitung seines Grosvaters
herrliche Fortschritte in den Studien, so daß derselbe schon i. J. 1626. in seinem fünfzehnten Jahr
mit grösstem Lob das Gymnasium verliß.

Unterricht des Lehrers wenig Früchte tragen kann. —
Ich habe leider! als Lehrer schon die traurige Erfahrung gehabt, daß solche verzärtelte Kinder es wagten,
mich als ihren Lehrer bei ihren Eltern anzuschwärzen.
Ohne Untersuchung glaubten die Eltern die Mähre,
lobten das liebe Kind, und gaben ihm den Auftrag
mich zu beobachten, und Ihnen von allem Nachricht
zu geben, — ist das Erziehung?

Nach der Erndte Zeit entstand i J. 1626. zu
Herborn ein so entsezlicher Brand, daß hundert
und achtzig Gebäude innerhalb acht Stunden ein-
geäschert wurden. Philipp Ludwig Piscator, der Oheim unsers Gottfriebs, erhielte vom Grafen Ludwig den Auftrag,
nach der Schweiz zu reisen, um daselbst eine
Brandsteuer für die unglückliche Einwohner zu
sammlen. Unser Gottfried sollte seinen Oheim auf
der Reise begleiten, welchen Antrag er auch mit
grösstem Vergnügen annahm.

Beide traten nun ihre Reise an, und fuhren
von Herborn nach Diez, Boppart, Baccharach,
Bingen, Mainz, Oppenheim, Worms, Speier
und Strasburg, in lezterer Stadt besuchten Sie
den Aumeister Schütterlin, der ein Stiefbru-
der des Grosvaters unsers Gottfriebs war,
sie hielten sich aber kaum zwei Stunden in der
Stadt auf, weil die Pest damals darinnen so sehr
wüthete, und bereits schon Achtzehn Tausend Menschen von dieser Seuche weggerafft waren. — Sie
reisten nun über Colmar, Basel, Schafhausen,
Costnitz (Costanz), S. Gallen, Zürch und So-
lothurn nach Bern, woselbst Sie sich vier Wochen
aufgehalten, und manches Vergnügen bei unsers

Gottfriebs Schwester genoſſen haben, die
daſelbſt an den Patricier Gabriel von Lu-
ternaw verheurathet war.

Von Bern nahmen Sie ihren Weg nach Lau-
ſanen, allda beſuchten Sie die beide gelehrte Männer und Lehrer, den D. Rheinhard, und
deſſen Tochtermann D. Müller. Als Sie aber
von hier nach Genf kamen, wurde Jhnen der
Eintritt in die Stadt verſagt, weil Sie ihre Reiſe
durch Strasburg gemacht hatten, und man eine
Anſteckung befürchtete. Nachdem Sie ſich ohngefehr drei Wochen außerhalb der Stadt in einem
Wirthshauß aufgehalten hatten, erhielten Sie
die Erlaubniß in die Stadt zu ziehen. Der Oheim
kehrte bei ſeinem Schwager Juſtus Rhodius,
ein, der daſelbſt o. ö. Lehrer der Griechiſchen
Sprache war. Unſer Gottfried aber nahm
auf öftere Freundſchafftliche Einladung ſeine Wohnung bei den beiden Grafen von Wied (Neu-
wib), die ehedeſſen bei ſeiner Mutter in Herborn
Koſt und Wohnung gehabt hatten, und bieltere
Freunde Gottfriebs waren.

Nach Verlauf eines Viertel Jahres traten
Beide die Rückreiſe an, und kamen gegen Oſtern
b. J. 1627. glücklich in Herborn an, woſelbſt nun

unser Gottfried unter der Leitung der würdigsten Männer seine Studien mit grösstem Eifer
fortsezte.

J. J. 1628. sandte Bethlem Gabor,
Fürst von Siebenbürgen, einen Gesand-
ten nach Herborn, um von da einige gelehrte
Männer zu beruffen, welche in Alba Julia
(Weissenburg, anjezo Carlsburg, in
der Ungarischen Sprache Feier-var)
der Residenzstadt der damaligen Fürsten in Sie-
benbürgen ein Gymnasium errichten und einrichten
sollten 4). Die hiezu auserwählte und beruffene
Männer waren unsers Gottfrieds Oheim
Philipp Ludwig Piscator, Johann
Henrich Alsted und Johann Henrich
Bisterfeld. Alle nahmen diesen Beruf unter
Versprechung nachfolgender Besoldung an, die
mit des Fürsten eigener Hand unterzeichnet und

---

4) Da dieses Fürstenthum an das Haus Oesterreich übergeben wurde, haben die Reformirten ihr Gymnasium
oder Collegium nach Neumark (Vasachelt, Novomar-
chia), einer kleinen Stadt an der Marosch in Siebenbürgen verlegen müssen; woselbst sich die Stände
des Landes zu versammeln pflegen.

beigebrucktem Siegel bekräftiget war. Jeder die=
ser würdigen Männer erhielte von dem Gesand=
ten Hundert Dukaten Reisegeld. Die Ihnen zu=
gesicherte Besoldung bestand in 500. Reichsthalern
an Geld, die Alsted als erster Lehrer erhielt,
Piscator und Bisterfeld aber empfingen
nur 400. Rthr.

8. Faß Wein, die ohngefehr 4. Futer betragen.

60. Malter Waizen.

2. Kleider jährlich, nemlich ein Sommer= und
ein Winterkleid.

6. feiste Schweine.

24. Lämmer.

24. Maas Butter.

16. Maas Honig.

12. Wagen Heu.

Eine eigene Wohnung und
das nöthige Brennholz 5)

5.) Fürwahr eine herrliche Besoldung! Es wäre zu
wünschen, daß in unserm Vaterlande auch mehr
Rücksicht auf Schul= und Erziehungs=Anstalten ge=
nommen, und die Lehrer besser besoldet würden.

Obgleich Graf Ludwig Heinrich von
Dillenburg alle Mühe anwandte, um diese

Denn bei den dermahlen festgesezten Besoldungen ist es
nicht möglich, daß das Schul = und Erziehungs=We=
sen in der Pfalz eine Stufe der Vollkommenheit er=
reiche, die es bereits in andern Ländern erklimmt
hat. An Mitteln und Wegen hiezu fehlt es nicht,
wenn man mit Ernst einmal daran arbeiten wollte.
Zum Beweiß, wie gering die Lehrer besoldet waren,
und meistens noch sind, will ich folgendes anführen.

Mein Vater, der bekanntlich vier und vierzig
Jahre dem Vaterlande treu und redlich gedienet hat=
te und in seinen herausgegebenen Schriften (wofür
Er aber nie eine Belohnung erhielte) noch lebt,
den das Ausland mehr, als die Väter seines Vater=
landes schäzt, hat als Rektor des Gymnasiums zu
Heidelberg nachfolgende Besoldung bezogen: — 280 fl.
an Geld. 20. fl. Holzgeld zum Einheizen des Schul=
zimmers. — 40. fl. Hauszins. — 20. Mltr. Korn.—
12. Mltr Spelz und 2. Fuder Wein. Wie oft suchte
Er um Vermehrung seiner Besoldung an, aber
fruchtlos, denn die Empfelungen der Höchsten Stelle
vermochten hier nichts. Es blieb beim alten, bis
endlich der Churpfälzische Kirchenrath in Ver=
einigung mit der Geistlichen Reformirten Ad=
ministration die Besoldungs Verbesserung des
Heidelberger Gymnasiums im Jänner 1790. festsezte;—

Männer besonders den D Henrich Alsted,
von ihrem Vorhaben abwend g zu machen, so be-

---

vorher aber, nemlich zu Ende des Monat November
wurde mein Vater, der noch immer als ein thätiger
Mann arbeitete, nescio. QUA DE CAUSA! als
emeritus (alter ausgedienter Mann) erklärt
und Ihme aber auch zu seiner bisher bezogenen ganzen Besoldung noch ein jährliches extra = Gehalt von
150. fl. angewiesen, dagegen verlohr er aber auch seine meisten und besten Accidentien. — Sein Nachfolger erhielte aber nun folgende Besoldung 550. fl.
an Geld. — 50. fl. Holzgeld. — 1/2 Fuder Wein. —
12. Mltr. Korn. — 24. Mltr. Spelz — 60. fl.
Hauszins. Eine Verbesserung, die wenigstens 300. fl.
beträgt. — Das ruhige unthätige Leben, besonders da
Ihm auch das Schreiben des gewöhnlichen Program
untersagt wurde, und seine Hintansezung nagten so
sehr an seiner Gesundheit, daß Er schon den 16. Mai
1793. in jene bessere Welt überging, um dorten
seinen Lohn zu erndten. Ich beruffe mich hier auf
die Leichen Rede des verstorb. würdigen Pfarrer
Böhm. — Mehreres von dem Leben meines Vaters wird Herr Pfarrer Beckhaus zu Gladbach - bei
Mülheim am Rhein in seiner Gelehrten und Schriftsteller Geschichte von Jülich, Cleve, Berg, Mark
und Mörs liefern, woran dieser thätige Mann
schon mehrere Jahre arbeitet.

harrten Sie doch fest auf ihrem gegebenen Wort, indem Sie bereits dem Gesandten mit Hand und

---

Zum fernen Beweiß will ich noch einige Rektorats-Besoldungen hier bemerken: Ein zeitlicher Rektor zu Frankenthal beziehet jährlich; — 120 fl. an Geld. — 16. Mltr. Korn. — 5. Mltr. Gerst. — 1 Fuder Wein. — 3 Klafter Brennholz. — Freie Wohnung und von jedem Schüler jährlich 1 fl. 30. kr.

Zu Alzei beträgt die Rektorats-Besoldung: — 90. fl. an Geld. — 20. Mltr. Korn. — 1/2 Fuder Wein (der durchgängig per Fuder mit 50. fl. bezahlt wird.) — Weinfuhrlohn 1 fl. 30. kr. — Holzgeld 8 fl. 40. kr. (das Klafter kostet gewöhnlich 20 fl.) — Freie Wohnung. — Von jedem Schüler jährlich 4. fl. 30 kr. (NB bekommt man es auch?) Holz und Wellen wie ein Bürger. (Hier muß aber der Macherlohn im Wald und der Fuhrlohn bezahlt werden.)

Ein Moßbacher Rektor empfängt. — 35. fl. an Geld. — 20. fl. Hauszins. — 12. Mltr. Korn. — 12. Mltr. Spelz. — 6. Mltr. Haber. — 1. Fuder Wein. — 7. Klafter Holz und eine Bürgergabe.

Wie kann ein ehrlicher Mann bei einer solchen Besoldung bestehen und sein Amt mit Heiterkeit versehn? Der Churpfälzische Kirchen-Rath hat es bereits angefangen, die Verbeßerung der Schulen zu beherzigen, allein der Krieg und die damit verbundene

Siegel versprochen hatten, auf die von Ihnen selbst bestimmte Zeit in Preßburg einzutreffen, allwo der Gesandte auf Sie zu warten und Ihnen das Geleit bis in Siebenbürgen zu geben versprach.

Da D. Alsteb noch mancherlei in Ordnung zu bringen hatte, so mußte Piscator auf die bestimmte Zeit die Reise allein antreten, und ist auch glücklich in Siebenbürgen bei dem Fürsten Bethlem Gábor angelangt. Er wurde sehr

ökonomische Zerrüttnng der Geistlichen Admi-
nistration hat dieses wohlthätige Unternehmen un-
terbrochen!!!

Der berühmte Pfarrer Riem in Berlin (ein Pfälzer und biederer Freund meines verst. Vaters) sagt in Dorset und Julie. Eine Geschichte der neuern Zeiten, Leipzig 1774. im 2ten Band Seite 82. „Wie mancher Ver-
„dienstvolle lebt nicht wirklich, der bei allen den „mühsamen Arbeiten nichts, als etwas weniges besitzt „und blos deswegen mit Undank belohnt wird, weil „er — Verdienste hat.„ Ferner sagt Er in der Nota. „Zu H —— (Heidelberg) wird man „leicht schließen können, daß ich auch den rechtschaf-
„fenen Hrn Rector A — z (Andreä) gemeynet „habe.„

gnädig vom Fürsten empfangen, mußte täglich an
der fürstlichen Tafel speisen, und öfters unterre-
dete sich der Fürst mit demselben wegen der Ein-
richtung des Gymnasiums. Weil der Fürst
allen Studierenden, welche die Reise mitzuma-
chen sich entschließen würden, versprach, die Reise-
kösten zu bezahlen und in Weissenburg den freien
Tisch zu gestatten, so nahm unser Gottfried
auf Anrathen seines Oheims dieses Anerbieten an,
und nach getroffener Verabredung reiste Er mit
den beiden Lehrern D. Alsted und Bisterfeld
nebst ihren Familien im Herbst d. J. 1629. von
Herborn ab. Sie nahmen ihren Weg über Frankfurt, Würzburg und Nürnberg nach Regensburg,
und die Donau hinunter nach Wien, von da aber
nach Preßburg, woselbst der Fürstliche Gesandte
Sie erwartet hatte und aufs Freundschaftlichste
empfing. Der Gesandte ließ Sie hier aufs präch-
tigste bewirthen, und nach Verlauf von acht Tägen sezten Sie ihre Reise durch das Königreich
Ungarn fort. Da Sie über Rinnahambut, Debrezin und Wardein nach Clausenburg kamen,
woselbst der Gesandte seinen Wohnsitz hatte, ruh-
ten Sie abermals acht Täge aus. Als Sie von
hier abgereist und ohngefähr noch eine halbe
Stunde von der fürstlichen Residenzstadt Weissen-

burg 6) entfernt waren, kamen Ihnen der Sieben-
bürgische Bischof Petrus Decy und M. Piscator entgegen gefahren, und überbrachten die
traurige Nachricht, daß der Fürst am verflossenen
Tage verschieden seye.

Obgleich diese Nachricht die Gesellschaft bestürzt gemacht hatte, so war doch dieses für
Sie tröstlich, daß der M. Piscator bereits alles mit dem Fürsten verabredet hatte, wie es
mit der Aufrichtung des Gymnasiums gehalten
werden solle, auch hatte der Fürst bereits vier
und zwanzig Dörfer hiezu geschenckt, von deren
Einkünften die Lehrer besoldet, die Schulge-
bäude errichtet und unterhalten werden sollten.

Catharina, die hinterlassene Gemahlin des
Fürsten Bethlem Gabor, übernahm als
Fürstin von Siebenbürgen die Regierung, und
wurde von den Unterthanen sehr geliebt und
hochgeschäzt. Da Sie aber in kurzer Zeit viele
Tonnen Goldes verschwendete, so wurde Sie bald
darauf wieder abgesezt, und, nach gehaltenem
Reichstag zu Clausenburg, wurde Ihres Gemahls

---

6) Von Wien nach Weissenburg in Siebenbürgen rechnet
man 175 deutsche Meilen.

Bruder, Bethlem Iſthwann (ein Herr von
drei und ſiebenzig Jahren) von den Ständen ein-
ſtimmig zum Fürſten erwählt und vorgeſtellt; obgleich Er vorher bei den Ständen ſein hohes Alter vorgeſchüzt, und Ihnen den Georg Rakoci
vorgeſchlagen hatte. Ehe Er das Fürſtenthum antrat, hatte Er bereits dem Rakoci durch ſeinen
Eidam Salome David kund thun laſſen, daß
Er die Fürſtenſtelle durch ſeine Vermitt'lung erhalten ſolle. — Rakoci kam in die Nähe und fand
ſich äußerſt beleidigt, als er erfuhr, daß Bethlem
Iſthwann ſelbſt das Fürſtenthum angenommen
und ihn hintergangen habe. Eine blutige Fehde
würde hieraus entſtanden ſein, wenn nicht der
Fürſt Bethlem Iſthwann durch eine paſſende
Rede des D. Alſted und durch einen Fußfall
ſeiner Gemahlinn wäre bewogen worden, ſeine
Fürſtenſtelle niederzulegen, die dann von den
Ständen dem Rakoci mit allen Feierlichkeiten
iſt übertragen worden, der dann ſeinen Einzug
unter dem Geleite der Stände, ſeines Vorfahren
und vieler angeſehener Männer hielte. Unſer
Gottfried hatte auch dieſem Einzug beigewohnt,
und ſeinem Oheim bei der fürſtlichen Tafel auf-
gewartet.

Kaum hatte der Fürst Rakoci die Regierung angetretten, so erzeigte er den drei beruffenen Lehrern alle Gnade, und versprach Ihnen die Errichtung des Gymnasiums schleunigst zu bewerkstelligen. Die Bestimmuug des Orts verzögerte aber dieses Versprechen, denn Bethlem Gabor wollte diese Pflanzschule in Weissenburg, Fürst Rakoci aber in Engedin anlegen lassen. — Des ersten Stifters Wille wurde aber endlich erfüllt, das Gymnasium wurde in dem Münzgebäude angelegt, und erhielte den Namen Schola Bethlemio-Rakociana.

Unser Gottfried war einer der ersten, die im Jahr 1629 in das Gymnasiums-Buch als Studierende eingeschrieben wurden. Er widmete sich den Wissenschaften mit ununterbrochenem Fleiße; da Er aber nach Verlauf einiger Zeit durch verschiedene ihm aufgetragene Hausgeschäfte öfters in seinem Studieren gestört wurde, und eine schwere Krankheit ihn überfiel, so beschloß Er nach wieder erlangter Genesung Siebenbürgen zu verlassen und wieder in sein Vaterland zurückzukehren. Der Oheim war seinem Wunsche nicht entgegen, und vertröstete Ihn nur auf eine gute und sichere Gelegenheit.

Da seine Abreise so schnell nicht vollzogen werden konnte, so entstand in Ihm das Verlangen, die Stadt Konstantinopel, welche neun Tagereisen von Weissenburg entfernt lag, zu sehen. Hiezu fehlte es Ihm auch nicht an Gelegenheit, denn der Schwedische Gesandte Paul Strasburger, den damals der König Gustav Adolph an die Ottomannische Pforte abgeschickt hatte, befand sich in Weissenburg und hatte ihm den Antrag gemacht, daß er ihn ohnentgeldlich mitnehmen wolle. Da ihn aber das Fieber noch nicht verlassen hatte, so willigte sein Oheim nicht ein, und Er mußte, gegen seinen Willen, von dieser Reise abstehen.

Als der Gesandte ohngefähr acht Tage Weissenburg verlassen hatte, verließ ihn das Fieber und seine vorige Gesundheit stellte sich wieder schnell ein. Auch wurde der Wunsch, nach Konstantinopel zu reisen, bald in ihm verdrängt, indem sich Ihm eine gute Gelegenheit, nach Deutschland zu reisen, darbot. — Ein gewisser Juwelier, Philipp Milkau, aus Frankenthal gebürtig, hatte dem Fürsten Rakoci vor zwey und zwanzig tausend Thaler Juwelen verkauft, wofür ihm der Fürst abschläglich tausend Stück

Ochsen, das Paar um zehn Thaler, abliefern
ließ. — Unser Gottfried entschloß sich, mit
Bewilligung seines Oheims, in Gesellschaft dieses
Juweliers die Reise nach Deutschland zu machen.
Er kaufte sich ein Pferd, erhielte von seinem
Oheim zwanzig Thaler Reisegeld, und verließ
den 11 July im J. 1633 Weissenburg, und zog mit
Milkau nach Jaroslau in Pohlen, wohin Derselbe seine Ochsen durch Wallachen treiben ließ,
weil damals daselbst der vornehmste Viehmarkt
in ganz Europa war. Da aber wegen den damaligen Kriegsunruhen und der damit verbundenen
Gefahr eine geringe Anzahl Kaufleute aus Deutschland dahin gekommen war, so konnten die
Ochsen nicht verkauft werden. Milkau entschloß
sich also sein Vieh nach Buttstadt 7) treiben zu
lassen. Unterwegs aber wurden ihm von streifenden
Freybeutern mehr als sechzig Stück Ochsen weggenommen, unser Gottfried begab sich auf
des Kaufmanns Ersuchen zu dem Obersten dieses
Freykorps, beschenkte ihn mit einem kostbaren
türkischen Zaum, und ⬤ um die Herausgabe

---

7) Eine kleine Stadt in Thüringen, zwei Meilen von
Weimar, woselbst ein berühmter Viehmarkt gehalten
wird.

des abgenommenen Vieh's. Der Oberste versprach es auch, hielt aber nicht Wort. Dieses schreckte unsern Kaufmann ab, er entschloß sich daher seine Ochsen in Buttstadt zu verkaufen. Der gewesene Churpfälzische Zahlmeister in Heidelberg, namens Brunk zahlte ihm für das Paar fünf und fünfzig Thaler, und unserm Gottfried für sein Pferd fünfzehn Thaler, die er hernach mit grosem Gewinn, das Stück für fünfzig Thaler in Frankfurt am Main verkaufte.

Unsere Reisegefährten fuhren nun nach Erfurt, wo sie sich ohngefähr acht Tage aufhielten, als sie aber von da durch den thüringer Wald reiseten, wurden sie von einigen Reutern angegriffen, die eine Reuterzehrung von ihnen begehrten. Da sie aber mit guten Gewehren versehen waren, woran es den Reutern mangelte, so mußten sie unverrichteter Sache sich flüchten, und unsere Leute kamen glücklich in Würzburg an. Der Kaufmann wollte sich nun auf sein Gut bei Nürnberg begeben, nahm also von seinem treuen Gesellschafter Abschied, unser Gottfried dankte ihm herzlich für die ihme erzeigte Freundschaft, denn der Kaufmann hatte bisher alle Reise- und Zehr-Kösten bezahlet, weil Gottfried

ihme öfters als Dollmetscher gedient hatte. Er
sezte nun allein und zu Waſſer ſeine Reiſe nach
Hanau und Frankfurt fort. Da es ſchon ſpät
war, ſo kehrte er in Hanau im Wirthshauß
zum Rieſen ein, woſelbſt er ſogleich erfuhr, daß
ſeine Mutter, während der frankfurter Herbſtmeße,
ohngefehr drei Wochen lang in Hanau auf ihn
gewartet, da ſie aber einen Brief aus Siebenbürgen erhalten hätte, worinnen ſeine Ankunft
noch in Zweifel geſezt war, ſo ſeie ſie mit ihrem
Sohn Ernſt und ihrer Tochter Johannata
nach Weinheim an der Bergſtraße gereiſet, woſelbſt
ihr Sohn zweiter Pfarrer war.

Den folgenden Tag beſuchte er ſeine Freunde
und Anverwandten, beſonders aber wurde er von
ſeinem Vetter Abraham Rhodius, welcher
Diamantſchleifer daſelbſt war, ſehr freundſchaft-
lich aufgenommen, und hielte ſich acht Täge bei
ihm auf. Er hatte ſich vorgenommen ſeinen Bruder
Ernſt zu beſuchen, er reiſte alſo zu Waßer nach
Frankfurt, von da er zu Fuß weiter ging, un-
weit der Warte aber begegneten ihm einige Leute,
welche ihn wegen Annäherung einiger Soldaten
warnten, nicht weiter zu gehen, anſonſten ihm
ſeine beſte Haabe abgenommen werden könnte.

Er nahm diese wohlgemeinte Warnung an, kehrte
um und wendete sich gegen die Frankfurter Warte.
Als dieses die Soldaten bemerkt hatten, sezten sie
ihm mit blosen Säbeln und starken Schritten nach;
da er aber die Warte glücklich erreicht hatte, zogen
sich die Soldaten zurück. Kurz hernach traf er
eine Fuhr an, mit welcher er seinen Weg nach
Darmstadt fortsezte und den folgenden Tag gesund in Weinheim an der Bergstraße ankam.
Seine Mutter und Geschwister waren vor Freude
verstummt, als sie den so sehnlich gewünschten
Sohn und Bruder erblickten. Thränen der Liebe
flossen über ihre Wangen herab, eine Umarmung
verdrängte die andere, und die innere Freude ver-
sagte ihnen die Sprache. Er durchlebte nun in
dem Zirkel seiner Mutter und Geschwister Tage
der Wonne, und verkürzte ihnen manche Stunde
mit der Erzählung seiner Reise und seines Aufenthalts in Siebenbürgen.

* * *

Einige Wochen nach seiner Ankunft machte er
seinem Bruder den von Ihme gefaßten Entschluß
bekannt, daß er gesonnen wäre, sich nach Holland
zu begeben, um dorten noch seine philologische und
theologische Studien, welche er in Siebenbürgen
noch nicht gründlich genug erlernet hätte, fortzu-

seßen. Seine Mutter sah es ungern und gab ihm deutlich zu verstehen, daß sie es lieber sähe, wenn er in der Pfalz bliebe. Sein Bruder aber billigte zwar seinen Vorsaß, rieth ihm aber an, er möchte vorher an den D. Heinrich Alting in Gröningen schreiben, Denselben (als ihren zweiten Vater) um Rath fragen, und dann denselben auch genau befolgen; Er sagte ihm anbei, wenn er vier Wochen früher in Weinheim angekommen wäre, hätte er die Rektorats-Stelle daselbst erhalten können. — Er befolgte sogleich den Rath seines Bruders, und schrieb' an den D. Alting nach Gröningen. Um aber die Zeit, bis Antwort auf sein Schreiben erfolgen würde, gut anzuwenden, unternahm er eine Reise nach Herborn, um daselbst den von seiner Mutter zurückgelassenen Hausrath zu verkaufen, besonders aber um seines Vaters ansehnliche Büchersammlung, welche noch zu Herborn in Verwahrung war, nach Weinheim zu bringen. Nachdem er seine Geschäfte besorgt hatte, reiste er wieder ab, und kam glücklich in Weinheim an.

Während daß unser Gottfried in Herborn sich aufhielte, wurde der damalige Rektor zu Weinheim, seines ärgerlichen Lebenswandels wegen, von den Einwohnern der Stadt abgesetzt, und gleich darauf entstand in der Stadt das allgemeine Gespräch, der Bruder des Pfarrers würde die Stelle des entlassenen Rektors erhalten. Als er von Herborn zurückkam, erfuhr er es, und wunderte sich sehr, da vorher noch Niemand mit ihme davon gesprochen und ihn gefragt hatte, ob Er auch diese Stelle anzunehmen gesonnen wäre. Als er einige Tage wieder in Weinheim gegenwärtig war, wurden zwei Mitglieder des Stadtraths an ihn abgeschickt, die mündlich sich dahin erklärten, daß er von der Stadt einmüthig als Rektor beruffen seie. Er dankte Ihnen für ihre gute Meinung und Wohlwollen, machte Sie aber auch zugleich mit seinem Vorhaben bekannt, daß er nach Holland zu reisen sich entschloßen hätte, und stündlich auf eine Antwort von D. Alting warte. Da aber die beide Rathsherrn vieles dagegen einwendeten und in Ihn drangen, diesen Beruf anzunehmen, so bat er sich acht Täge Bedenkzeit aus, indem er höffte, daß während dieser Zeit die Antwort aus Gröningen ankommen würde, und Er sich alsdann zu einem oder dem andern entschließen könnte. Einige Täge hernach kam die längst gewünschte Antwort an, welche so lautete:

„ Ich rathe ihm, lieber Vetter, in Churpfalz
„ zu bleiben und jeden Beruf anzunehmen,
„ der Dienst seye auch so gering als er
„ wolle. — Ich werde gegen das Frühjahr
„ (geliebt es Gott) in Churpfalz kommen,
„ und Kirchen und Schulen helfen bestellen,
„ da werde ich dann für ihn als ein Vater
„ sorgen. „

D. Alting war damals von dem Churfürsten beruffen worden, um Kirchen und Schulen
in Churpfalz einzurichten, worauf derselbe sich
auch in seinem Brief bezogen hat.

Dieses Antwortschreiben bewog unsern Gottfried in Churpfalz zu bleiben, und da seine Mutter
wünschte, daß er als Rektor angestellt werden möchte, so versprach er ihr zu gehorchen. Als nun nach
Verlauf der acht Tägen abermals zwei Rathsherrn
zu Ihm kamen, um seinen Entschluß zu erfahren,
nahm Er zu ihrer Beruhigung den Beruf an. Er
erhielte den folgenden Tag von dem Stadtrath
ein Schreiben, womit er sich nach Heidelberg
begab, dasselbe dem Churpfälzischen Kirchenrath
vorlegte und zu verstehen gab, daß er zwar diese
Rektorats-Stelle annehmen wolle, aber nicht

gesonnen seie im Schulstaub (in pulvere Scho-
lastico) sein Leben zu beschließen; sondern nach
einer Lehrstelle der Kirche trachte. Der Kirchen-
Rath nahm ihn in Pflichten, und er begab sich
nun als Rektor wieder nach Weinheim.

Ein zeitlicher Rektor zu Weinheim bezog damals
folgende Besoldung: — 104 fl. an Geld, welches
Vierteljährig von der Stadt bezahlet wurde. —
12 Mltr. Korn. — 12 Wagen Holz. — Ein halber
Morgen Weinberg. — Ein Stück Wiese, so zur
Unterhaltung einer Kuh hinreichend war. —
Ein wohlgebautes Schulhauß neben der Kirche
und neben dem Rathhaus 8).

Als er sein Amt antrat, belief sich die Anzahl
der Schüler auf hundert und dreißig, unter welchen
vier und zwanzig wären, denen er Unterricht in

---

8) Dermalen bestehet die Besoldung des Rektors zu
    Weinheim in 84 fl. an Geld. — 12 Mltr. Korn. —
    300 Gebund Stroh. — 1/2 Fuder Wein. — 1/4
    Morgen Weinberg, 1 1/2 Morgen Aecker und 1 1/2
    Morgen Wiesen. — 2 Winterbusch und die Hälfte des
    Winterholzes vom Knaben-Schulmeister und freie
    Wohnung.

der Lateinischen Sprache ertheilte. Da der ihme
beigeordnete Lehrer ein rauher Mann war, der
mit Strenge die zarte Jugend behandelte, so nahm
er noch zwanzig kleine Kinder an, die er mit
Liebe unterrichtete. Nachdem er das Schulwesen
in Ordnung gebracht hatte, auch die Kinder gerne
und fleißig die Schule besuchten, bezeigten Ihm
die Aeltern ihr Wohlgefallen, und alle liebten
und ehrten Ihn.

* * *

Dieses Vergnügen wurde aber bald wieder
gestört, denn als i. J. 1634 nach dem Herbst die
unglückliche Schlacht bei Nördlingen in Schwaben
vorfiel, in welcher die Schweden von den Kaiserlichen eine harte Niederlage erlitten hatten; nahm
das Elend in Churpfalz und nachher in ganz Deutschland seinen Anfang. Der Ulberrest der schwedischen Armee zog durch die Pfalz, auf dem Fuß
folgten ihnen aber die Kaiserlichen nach, welche
die Stadt Weinheim mit Accord einnahmen, das
Hauptquartier der Armee in der Stadt aufschlugen,
so daß alle Häußer der Stadt mit Soldaten angefüllt wurden, die in Zeit von vier Wochen, denn
so lange blieb das Hauptquartier daselbst, allen
Vorrath verzehrten.

Als die Stadt Weinheim von den Kaiserlichen eingenommen wurde, war der Bruder unsers Gottfrieds nicht zugegen, er hielt' sich damals in der Absicht zu Frankenthal auf, um seine Heurath mit der Jungfer Susanna Margaretha, einer Tochter des Bothenmeisters Johann Leonhard Engel von Heidelberg, zu vollziehen. Woran er aber durch die Kriegs-Unruhen verhindert wurde, und da er auch nicht nach Weinheim zurückkehren könnte, so traf er Anstalten um seine Mutter und Schwester von Weinheim nach Worms abholen zu laßen, welches ihm auch, jedoch mit größter Gefahr, gelungen ist.

Gottfried blieb also allein in Weinheim, und mußte mit Geduld es ansehen, wie sein und seines Bruders Vermögen ein Raub der Soldaten wurden. Eine ganze Compagnie Soldaten wurden in seines Bruders Haus gelegt, die nicht allein alles zertrümmerten und zu Grunde richteten, sondern auch, nachdem sie hundert und fünfzig Malter Früchte weggenommen, und von den vorräthig da gelegenen sechs Fudern guten bergsträßer Wein ziemlich gezecht hatten, bei ihrem Abzug noch den übrig gebliebenen Wein in Keller laufen ließen, so daß man bis an die Knie im Wein waden konnte.

Bei diesem erlittenen Schaden war es dennoch gut, daß der Pfarrer Andreä geflüchtet war, indem der Kaiserliche General Johann de Werth denen Pfarrern in Weinheim eine Contribution von Tausend, vier hundert Thalern angesezt hatte; der Antheil eines jeden Pfarrers betrug also zwei hundert Thaler. Da nun aber der Bruder unsers Gottfriebs abwesend war, so trugen die übrige sechs Pfarrer bei dem General darauf an, daß Er statt seines Bruders zur Zahlung dieser Summe solle angehalten werden. Nachdem Er aber dieses erfahren hatte, ging Er sogleich zu dem General und zeigte Ihm an, „daß Er als Rektor in städtischem Dienst stehe und als Bürger betrachtet werde, indem nun die Stadt bereits ihre Contribution erlegt hätte, so könne man Ihn nicht doppelt strafen, und die den Geistlichen auferlegte Contribution Ihme auch aufbürden.„ Der General ertheilte Ihm hierauf folgende Antwort: „Die Contribution der Pfarrer geht Ihn nichts an, doch sollen dieselbe so lange in seinem Haus in Arrest verbleiben, bis sie sich ranzionirt haben.„

Der General gab auch sogleich die Ordre, daß das Schulhaus bei Tag und bei Nacht bewacht

C

werden solle, in welchem sich die sechs Pfarrer
befanden. Dieser Befehl wurde sogleich vollzogen,
indem ein Musketier mit brennendem Lunden an
der Hausthüre Schildwache hielte. Kaum war
unser Gottfried zu Hause angelangt, so er-
schien' auch ein Reuter, der den Befehl hatte,
Tag und Nacht im Hause zu bleiben. Die Ankunft
desselben, da er mit zwei geladenen Pistolen, deren
Hahnen gespannt waren, erschienen war, erschreckte
sie nicht wenig, die Pfarrer verbargen sich sogleich, Er ging aber in die Stube, bewill-
kommte den Reuter, der Ihme mit freundlicher
Miene antwortete: „Er seye beordert die Pfarrer
zu bewachen, welches er nun gegen seinen Willen
thun müsse.„ Der Reuter zog hierauf die Hahnen
in Ruhe und hing die Pistolen an die Wand, und
sagte Ihm: „Rufen Sie die Pfarrer hieher, ich
werde Ihnen kein Leid zufügen.„ Der biedere Reuter hat auch redlich Wort gehalten, er hat dieselbe freundschaftlich behandelt und Ihnen viele
Wohlthaten erwiesen, indem er sie mit Brod,
Fleisch und Wein reichlich versah.

Nach einiger Zeit mußte die kaiserliche Armee
wegen der schnellen Ankunft der Schweden und
Franzosen weichen, und da die Pfarrer die auf-

erlegte Contribution nur halb bezahlt hatten, und aus Unvermögen die andere Helfte nicht bezalen konnten, so wurden zwei von Ihnen, die Pfarrer Münch und Agricola, als Geißel mitgenommen, und den ganzen Winter hindurch der Armee nachgeschleppt. Als nun im folgenden Jahr 1635 der Rest der Contribution bezahlt wurde, sind Sie zu Frankenthal frei gelaßen worden; da Sie aber viele Kälte und Beschwerlichkeiten ausgeſtanden hatten, sind Sie kurz darauf zu Worms geſtorben.

Es folgte nun eine Armee der andern auf dem Fuß nach, und was die Eine noch übrig gelaſſen hatte, verzehrte die andere. Unſer Gottfried erhielte nun von ſeiner Mutter mehrere Briefe, worinnen Sie ihn bat, nach Worms zu kommen. Da Er aber den noch übrig gebliebenen Hausrath, Leinwand u. d. gl. nicht gerne Preiß geben wollte, so entſchloß Er ſich noch in Weinheim zu bleiben, und ſein Schickſal mit Geduld zu tragen. In einem halben Jahre aber wurde Weinheim neunmal geplündert, und Er mußte bei einer erfolgten Plünderung und Stürmen der Soldaten in bloſem Hemde aus ſeinem Hauſe entfliehen, er verſteckte ſich in der Angſt in ein Loch, woſelbſt Er bis nach hergeſtellter Ruhe

verbliebe. Als Er dann wieder in seine Wohnung
zurückgekehrt ist, waren seine meisten Habselig-
keiten entwendet. Kurz darauf hat Ihn der Pater
vom Regiment Herzog von Lothringen mit einem
blosen Degen in seiner Wohnung so wüthend
verfolgt, daß Er, um sein Leben zu retten, mitten
in der Nacht zwei Stockwerk hoch zum Fenster
heraußsprang, unglücklicher weise aber mit dem
Rücken auf eine scharfe Mauer fiel und sich sehr
verletzte. Obgleich Ihme diese Beschädigung grose
Schmerzen verursachte, so flüchtete Er sich doch
aus Angst und Schrecken in einen alten zerfalle-
nen Stall, woselbst Er sich die ganze Nacht hindurch bei der heftigsten Kälte, (denn der Rhein
war damals so hart zugefroren, daß man ohne
Gefahr mit den schwer'sten Fuhren darüber fahren
konnte) aufhielte, und am kommenden Morgen
so erstarrt war, daß Er nicht von der Stelle
konnte. — Zwei Priester von Heidelberg, wovon
der eine Pater Henrich hieß, der ehedessen
als Feldprediger des Generals de Werth bei
Ihme im Quartier gelegen hatte, kamen in seine
Wohnung, um Ihn zu besuchen. Als Sie aber
die Ursache seiner Abwesenheit erfahren hatten,
suchten Sie Ihn auf und fanden Ihn halb erstarrt in dem ruinirten Stall sizen. Er wurde

von Ihnen in seine Wohnung getragen, und in einem warmen Zimmer mit einer Weinsuppe erquickt, so daß Er nach und nach wieder zu Kräften kam, obgleich Ihm die Wunde viele Schmerzen verursacht hatte.

Schon acht Plünderungen hatte Er erlitten, wobei Er nichts als zehn Malter Korn, die Er in einen Winkel verborgen hatte, rettete. Als nun aber neun Mann Franzosen bei Ihm einquartirt wurden, und Er aller Lebensmittel beraubt war, so durchsuchten dieselbe alle Winkel des Haußes, und fanden das Korn, welches Sie sogleich nach einer Mühle bringen und mahlen ließen. Er mußte sich nun gänzlich nach dem Willen seiner Soldaten fügen, die Ihm täglich nur ein Viertel Pfund Brod von seinem Eigenthum reichten. Er versuchte allerhand Mittel um Ihnen zu entfliehen, aber keines wollte Ihm gelingen. Die Soldaten aber peinigten Ihn von Tag zu Tag mehr, schlugen Kisten und Kasten auf, fanden aber nichts, als etwas Salz und Gewürz, das Er kurz vorher von seiner Mutter aus Worms erhalten hatte. Weil Er Ihnen diesen Vorrath verheimlichte, so wurden Sie noch erboßter, und zwangen Ihn mit Ge-

walt, noch spät in der Nacht Salz für Sie
einzukaufen. Diese Zumuthung verschaffte Ihm
aber die schon längst gewünschte Freiheit, denn
als Er ihren Willen zu erfüllen sich nach dem
Kaufladen verfügen wollte, begleitete Ihn einer
der Soldaten, weil Sie seine Entweichung be-
fürchteten, in den Kramladen, woselbst Er das
Salz auf seine Rechnung aufschreiben ließ, weil
er die wenige Goldstücke, die Er errettet hatte,
nicht durfte sehen laffen, ansonsten sie Ihm der
Soldat abgenommen hätte. Er übergab dem
Soldaten das Säckchen mit Salz, weil Er sich
vorgenommen hatte, auf dem Rückweg zu entfliehen, da Jener aber seine Absicht merkte, hielte
Er Ihn wie einen Gefangenen beim Arm, damit
Er Ihm nicht entlaufen solle. Als Sie aber
auf den Markt kamen, begünstigte die Dunkel-
heit sein Vorhaben, er stürzte den Soldaten zu
Boden, und floh indessen, ehe derselbe sich wieder
aufraffte, in die Stadtschreiberei (die damals
als ein Freihaus angesehen wurde). Am folgenden
Morgen gegen drei Uhr begab er sich auf den
Weg nach Worms, woselbst Er auch glücklich
ankam, und von seiner Mutter mit Thränen
empfangen wurde.

Als Er einige Tage ruhig in Worms zugebracht hatte, überfiel ihn eine schwere Krankheit, welche die Folge seiner vielen ausgestandenen Leiden war. Der berühmte Doctor und Professor Caspar Faustus von Heidelberg lebte auch als vertriebener zu Worms, dieser Arzt stund' damals in grosem Ruhm, und wurde auch zu unserm Kranken beruffen. Der Arzt sparte keine Mühe und Mittel, um Ihn wieder herzustellen, allein seine zerrüttete Gesundheit war schuld, daß alle vorgeschriebene Arzeneien nicht anschlagen wollten: Er wurde endlich so schwach und entkräftet, daß Faustus Ihm noch eine Kraftbrühe verordnete und dabei sagte: „Dieses wollen wir noch brauchen, und hernach die Sache dem himmlischen Arzt befehlen.„ Plözlich aber siegte, gegen alles Erwarten, die Natur, die Umstände des Kranken veränderten sich, und seine Genesung erfolgte, wie wir gleich erfahren werden.

Dessen Bruder Ernst hatte während seinem Aufenthalt zu Worms öfters auf Ersuchen in des Grafen von Schwartzenfeld Hanauer-Hof, das Waltersche Haus genannt, geprediget; Er hatte auch hiezu die Erlaubniß von der Stadt Worms erhalten. Während einer Predigt überfie

Ihn aber einsmals eine solche Schwäche, daß
es der Graf und mehrere Zuhörer deutlich bemerkt
hatten, Sie winkten Ihm auch den Gottesdienst
zu endigen, Er spannte aber alle seine Kräfte an,
um keine Störung zu verursachen, und predigte
fort. Als aber der Graf nach geendigtem Gottesdienst Ihn zur Tafel einlud, entschuldigte Er sich
und eilte, nachdem er sich in der weisen Apotheck
einen Schweißtrank mitgenommen hatte, nach
seiner Wohnung. Er lief nach dem Bette seines kranken Bruders und bat Ihn, Ihm nur so lange das
Bett zu gönnen, bis Er geschwizt hätte. — Der
Kranke antwortete Ihm deutlich: Ja Bruder!
Diese waren die erste Worte, die man seit drei
Wochen aus seinem Munde gehört hatte. Von
dieser Stund an nahmen die Kräfte unsers sehr
kranken Gottfried so sehr zu, daß Er nach acht
Tägen seine völlige Gesundheit wieder erhalten
hatte, und nun, zu Jedermanns Verwunderung,
seinen sehr kranken Bruder verpflegte.

Das Schicksal war noch nicht ermüdet, denn
Ihre Mutter wurde von der nemlichen Krankheit
heimgesucht, und nach Verlauf von drei Wochen
ist Sie in dem sechzigsten Jahr ihres Alters sanft
verschieden. Die Krankheit seines Bruders war
damals auf den höchsten Grad gestiegen, so daß

man Ihm den Todesfall seiner Mutter nicht an-
zeigen konnte, denn Er hatte seit mehreren Tagen
schon alle Besinnungskraft verloren, und man
zweifelte an seiner Genesung.

Einige Täge vor dem Hintritt der Mutter
erhielten unsere Vertriebene von ihrer Schwester
Elisabeth (die damals den Schazmeister
Abraham von Werbt in Bern geheurathet
hatte), zu Ihrer Unterstüzung einen Wechsel von
fünfzig Reichsthalern. Dieses Geschenk sezte unsern
Gottfried im Stand, um seine Mutter ehrlich
zur Erde bestatten zu können, denn das wenige
gerettete Vermögen war bereits aufgeopfert. Sie
war die Erste, welche auf den neuen Kirchhof
(Gottesacker) ist begraben worden. Der
damalige Pfarrer Ludwig in Worms hielte die
Leichenrede über die vorgeschriebene Worte der
Offenb. Johannis XIV. 13. Selig sind die
Todten, die in dem Herrn sterben.
Ihren Lebenslauf hatte der gewesene und eben-
falls vertriebene Pfarrer zu Laudenbach an der
Bergstraße Adami aufgesezet.

Damals war die Stadt Worms in einer erbärmlichen Lage, der gewöhnliche Kirchhof war
ganz mit Todten angefüllt, indem zu selbiger

Zeit, besonders aber i. J. 1635 mehrere tausend Menschen in Worms theils an der Pest, theils aus Hungersnoth gestorben sind. Alle Häuser waren wegen der Kriegsgefahr mit fremden geflüchteten Leuten angefüllet. Ein Karren stunde immer bereit, auf welchem die Todten, die um den Dom lagen, hinaus geführt wurden. — Die Hungersnoth hatte so überhand genommen, daß öfters an den Backhäusern bei Abgab des Brods mehrere Menschen erbrückt und todt getreten wurden. Die Hungersnoth trieb manche Menschen in der Verzweiflung so weit, daß sie die Todten auf dem Kirchhof herausscharrten, um ihren Hunger stillen zu können. Um dieses widernatürliche und gräßliche Verfahren zu hemmen, wurde von dem Stadt-Rath eine Wache an den Kirchhof gestellt. — Unser Gottfried hat nebst eilf jungen Leuten aus Weinheim ein die Natur empörende und erbärmliche Scene mit angesehen: Vor dem sogenannten Scheuer-Thor lag ein todtes Pferd mitten auf dem Wege, eine Weibsperson kniete vor demselben, und schnitte davon mehrere Stücke Fleisch ab, die sie in ihre Schürze verbarg, nahm dann ein Stück in die Hand, und aß mit größten Appetit davon; einige Hunde leisteten ihr Gesellschaft, und suchten ebenfalls ihren Hunger zu stillen; und auf dem Kopf des Pferds standen mehrere Raben, die sich nicht stören ließen, und das todte Thier mit zerfezen halfen. — Er sagte wehmüthig zu seinen Beglei= tern: „Vergeßet nicht dieses euren Kindern und Kindeskindern zu erzählen, so der Herr Euch wird leben laſſen; wie Gott der Herr pflegt zu strafen, wenn man zur Zeit des Friedens sein Wort nicht achtet und seine Gaben mißbraucht.„

* * *

Nach einer langwierigen Krankheit genaß auch endlich wieder sein Bruder Ernst, und als Er völlig hergestellt war, erhielte Er von dem Pfalz= graf Philipp Ludwig zu Simmern. Dem wegen Minderjährigkeit des Kurprinzen die Vor= mundschaft und Verwaltung der Pfalz übertragen war, den Auftrag, eine Reise in fremde Länder zu thun, um einen Geld=Beitrag für die vertrie= bene Pfarrer, Schuldiener, Wittwen und Waisen zu ſammeln. Er willigte sogleich in des Pfalz= grafen Begehren ein, und als Er die hiezu nöthige Empfelungs=Schreiben erhalten hatte, trat Er mit dem gewesenen Pfarrer Abami die Reise an.

Unser Gottfried aber begab sich wieder nach Weinheim, und versah seine Amtsverrich=

tungen so gut, wie es bei den damaligen Kriegs-
unruhen geschehen konnte. Er mußte aber sehr
kümmerlich leben, denn aller Vorrath war Ihm
weggenommen worden, und das Mltr Korn kostete
sechszehn Thaler, und das Malter Mehl wurde
um vier und zwanzig Königs-Thaler verkauft.
Diese Theurung dauerte aber nicht sehr lange,
denn die Pest und andere schwere Krankheiten
haben auch so sehr in Weinheim gewüthet, daß
in kurzer Zeit viele tausend Menschen Opfer derselben wurden. — Da sämtliche Pfarrer Weinheim verlassen hatten, von welchen der zeitliche
Inspektor Leonhard Bock damals zu Worms
sehr krank darnieder lag, der Bruder unsers
Gottfrieds in fremde Länder verreist, einige
gestorben und die übrige aus der Stadt gezogen
waren, so ersuchte Ihn der Stadt-Rath zu Weinheim; Er möchte die Kranken besuchen, die Todten
begraben lassen und Ihnen die gewöhnliche Leichen-Reden halten. Da auch die ganze Gemeinde
diesen Wunsch äußerte, auch der kranke Inspektor
Bock an Ihn deßfalls schreiben liesse, so konnte
Er es nicht abschlagen. Tag und Nacht hatte
Er nun keine Ruhe, denn die Anzahl der Kranken
war so groß, daß täglich vierzig, fünfzig auch
öfters mehrere Menschen begraben wurden, denen

Er unter freiem Himmel die Leichenreden halten,
und nach Beendigung derselben wieder die mit
den Tod ringende Kranken besuchen mußte. So
wurden in Zeit von drei Monaten mehrere tausend
Menschen von Ihm zu Grabe begleitet, kein Tag
war verflossen, an welchem er nicht Kranke besuchen und predigen mußte; dem ohnerachtet blieb
Er doch immer gesund, ob er schon einige Wochen mit dem Schullehrer in einem Bette gelegen
hatte, Der Pestbeulen am Bein hatte, welches
Ihm freilich unbekannt war. Doch blieb Er
nicht ganz unverschont, den als Er eben Kranke
besuchen wollte, fuhr Ihm auf öffentlicher Straße
eine Pestblatter auf der Hand aus, Er begab sich
aber sogleich nach Haus, nahm weiße in frischem
ungesalzenem Butter gebratene Lilienblätter, legte
dieselbe warm darauf, und so wurde das Gift
getödtet und Er glücklich gerettet.

Dieses mühselige Amt wurde Ihm aber auch
bald wieder abgenommen, denn als die Bayern
die Pfalz besezt hatten, wurden alle Protestantische
Pfarrer abgesezt und verjagt, und Katholische
Priester nahmen ihre Stelle ein. Ein gewißer
Priester aus einem Kloster zu Speier, der in der
Volkssprache nur Pater Bastian genannt wurde,

erhielte die Pfarrei zu Weinheim. Dieser Pfaffe
war ein grosser Verfolger der Reformirten, und
hatte schon als Priester in Weinheim gestanden;
Da die Schweden aber die Bergstraße einnahmen,
wurde Er überfallen, verließ daher sein Haab
und Gut (das nicht sehr beträchtlich war) und
flüchtete in der Nacht nach Speier. Da nun die
Bayrische Soldaten in Weinheim wirthschafteten,
zog er als Priester wieder triumphirend ein,
suchte sich zu rächen, und nahm unserm Gottfried vierhundert Stück der besten Bücher unter
dem Vorwand weg; „Die Schweden hätten es
Ihm eben so gemacht und seine Büchersammlung
geraubt 9).„

Die Stadt Weinheim war unserm Gottfried
noch dreißig Thaler Besoldung schuldig, da Ihm
nun seine Bedienung abgenommen war, und Er
Weinheim verlassen wollte, so begehrte Er diese

---

9) Welch' eine herrliche Sammlung von Büchern dieser
Pfaffe gehabt habe, und von welchem Werthe sie
gewesen seie, läßt sich denken. Ob Er aber die geraubte Bücher gehörig benuzt, und daraus bessere
Begriffe und mehr Menschenliebe sich erworben habe,
ist zu bezweiffeln; denn es war eine finstere Zeit!!!

Summe, die Stadt befand sich aber in einer so traurigen Lage, daß sie Ihn nicht befriedigen konnte, sondern Ihm mit seiner Einwilligung eine Handschrift mit dem kleinen Stadt-Insiegel bekräftigt, übergab. (Nach Verlauf von ohngefehr vierzehn Jahren, da Er in der Stadt Neckargemünd Pfarrer war, empfieng Er diese Summe.) Auch ertheilte Ihm die Stadt Weinheim ein auf Pergament geschriebenes Zeugniß mit beigebrucktem größerm Stadt-Insiegel. Viele vergoßen bei seinem Abschied Thränen, er verließ traurig seine Gemeinde, und kam glücklich in Heidelberg an.

Nachdem nun sein Bruder Ernst und der Pfarrer Adami ihre Reise durch die Schweiz, Frankreich, England, Holland und Preußen glücklich beendigt und in Bremen angekommen waren, so wollten Sie ihre Reise nach der Pfalz weiter fortsezen, um Rechenschaft von ihren mit vielem Nuzen vollbrachten Geschäften abzulegen; auch war dessen Bruder zugleich willens, seine zurückgelassene Braut abzuholen und mit nach Bremen zu nehmen. Da aber dessen Bruder Wilhelm (Apothecker in Bremen) und mehrere gute Freunde diese Reise, wegen der damals durch den Krieg verursachten Unsicherheit widerriethen, so beschlossen Sie auch Ihre Geschäfte schriftlich zu beendigen.

Unser Gottfried empfing daher einige Wochen vor seinem Abzug von Weinheim ein Schreiben von seinem Bruder Ernst aus Bremen, worinnen derselbe Ihn ersuchte, seine Braut nach Verlauf der Frankfurter Messe nach Bremen zu begleiten. Zur Bestreitung der Reisekosten übersandte Er Ihme auch einen Wechsel von dreißig Reichsthalern. Nach Empfang dieses Briefs machte Er seines Bruders Verlangen sogleich der Braut und ihrer Mutter kund, die Ihm dann ihre Einwilligung schriftlich meldeten und Anstalten zu der Reise machten. — Kurz darauf kam Er, seines Amtes entlassen, nach Heidelberg, wie wir bereits erfahren haben; Er hielte sich daselbst nicht lange auf, denn gleich nach eingenommenem Mittagsmahl nahm Er mit folgenden Worten von der Mutter Abschied: „Ob ich zwar gegenwärtig in einem traurigen Umstand des Vaterlands ihre Tochter aus ihrem Haus führe, so lebe ich doch der tröstlichen Hoffnung die Zeit zu erleben, Sie mit Freuden wieder hineinzuführen 10).„

***

10) Diese Rede wurde hernach auch erfüllet, indem Er i. J. 1650 von Neckargemünd seinem Bruder Ernst

Er fuhr mit der Braut und seiner Schwester
Johannata zu Waßer nach Worms, allwo
sie sich einen Nachen bestellten, der Sie am folgenden Tag nach Mainz bringen sollte. Als Sie
nun zum Rheinthor hinausgingen, nahm Ihm
ein Soldat sein Felleisen, das Er unterm Arm
trug, weg und entfloh damit. Zu seinem Glück
stunde an dem Wachthaus ein Soldat, dem Er
es klagte, und der Ihn auch sogleich erkannte,
weil er Ihm ehemals seinen Ranzen in Verwahrung gegeben, und nach Verlauf eines Jahrs auch
wieder unversehrt von Ihm erhalten hatte. Dieser Soldat lief dem Räuber sogleich nach, ertappte
ihn glücklich, nahm Ihm die geraubte Beute ab,
überbrachte sie unsern Harrenden, und begleitete
Sie bis an das Waßer, wo Sie ihm nochmals
dankten, und nach Mainz abfuhren. Am folgenden
Tag reisten Sie von da mit dem Marktschiff nach
Frankfurt, wo Sie gegen Abend in der Oster-

---

und der bei sich habenden Familie entgegen gegangen
ist, und Sie in der Mutter Haus, und zwar an die
nemliche Stelle, begleitet hat, wo von Ihm vor fünfzehn Jahren obige Worte geredet worden sind. Er
sagte: „Nun hat Gott in Gnaden erfüllet, was ich
vorher geredet habe.„

D

Meſſe d. J. 1636 ankamen. Hier mußten Sie aber vierzehn Täge verweilen, bis die Bremer Fuhrleute ihre volle Ladung hatten, mit welchen Sie dann ihre Reiſe über Siegen, Caſſel, Hannover u. ſ. w. fortſezten, glücklich in Bremen ankamen, und daſelbſt den Bruder und übrige Freunde in beſtem Wohlſeyn antrafen.

Nach einigen Tägen wurden die Verlobten durch den D. Ludwig Crocius in des Bruders Behauſung mit einander getrauet, und von allen Seiten ſtrömten Ihnen fromme Segenswünſche zu.

Unſer neu Vermählter war auf ſeiner Reiſe auch in Danzig geweſen, und hatte daſelbſt ſehr beträchtliche Beiträge erhalten, während ſeinem Aufenthalt predigte Er auch einigemal daſelbſt, welches bei der anſehnlichen Gemeinde ſolchen Eindruck machte, daß Sie Ihn zu ihrem Lehrer wünſchten. Einige Täge nach der Hochzeit wurde Er auch wirklich als Pfarrer nach Danzig beruffen. Zur nemlichen Zeit erhielte Er auch noch einen doppelten Beruf, nemlich als Hochdeutſcher Prediger nach Amſterdam, und als Pfarrer nach Emden in Oſtfriesland. Er befand ſich wirklich

in einer Verlegenheit, indem Er nicht wußte,
welche Stelle Er annehmen sollte 11). Er schrieb
also an den D. Alting nach Gröningen, den
Er wie seinen Vater ehrte, und dessen Vorschlag
zu befolgen Er sich vorgenommen hatte. Dessen
Rath und Antwort war: „Er solle die Lehrstelle
zu Danzig aus dem wichtigen Grunde annehmen,
weil die Gemeinden zu Emden und Amster-
eher und leichter taugliche Subjecte bekommen
könnten, als die weit abgelegene Gemeinde zu
Danzig.„ Der Rath seines Freundes war Ihm
heilig, Er befolgte ihn sogleich, schrieb nach

---

11) In unsern jetzigen Zeiten haben wenige das Glück
beruffen zu werden. Eine Ursache mag wohl diese seyn,
weil es nicht an Subjecten fehlt, freilich findet man
auch solche, die klüger gehandelt hätten, wenn sie sich
statt dem Lehrstuhl der Scheere oder dem Pflug ge-
widmet hätten. — Auch fehlt es hie und da an gründ-
lichen Kenntnißen, die man nun eigentlich auch nicht
fordern kann. Denn viele vollenden in einem Zeitraum
von zwei — einige in drei — Jahren ihre Akademische
Laufbahn, haben ihr Gedächtniß gepeinigt, um die
Prüfung aushalten zu können. Ihre Kenntnße sind
nun freilich nur oberflächlich. Sie werden aber doch
befördert, erhalten öfters die fettesten Pfründen; was
vermögen aber Simonie und Nepotism? Alles!!!

Danzig und nahm den Beruf dahin an. Vor
seiner Abreise besuchte Er seinen Bruder Christian, der damals Pfarrer zu Nüttermohr in
Ostfriesland war, zu diesem freundschaftlichen
Zirkel waren auch seine Brüder Tobias, (welcher als ö. o. Lehrer der Geschichte und Griechischen
Sprache zu Gröningen angestellt war,) Wilhelm,
(Apothecker in Bremen) und Gottfried, sodann seine Schwester Johannata eingeladen.
Nachdem Sie hier einige Tage heiter und vergnügt durchlebt hatten, nahm Er und sein Bruder Wilhelm herzlichen Abschied und kehrten
nach Bremen zurück. Nachdem Er das Seinige
in Ordnung gebracht hatte, reiste Er mit seiner
Hausfrau und einer Magd auf Kosten der Gemeinde ab, und kam i. J. 1637 glücklich mit
den Seinigen in Danzig an.

Unser Gottfried reiste aber mit seinem Bruder Tobias nach Gröningen, um sich daselbst
noch den Wissenschaften zu widmen. Als Er eine
kurze Zeit sich daselbst aufgehalten hatte, wurde
Ihm von dem D. Alting die Hofmeisterstelle
bei dem Herrn von Uithuysen aufgetragen,
welche auch von Ihm angenommen wurde. Da
die beide junge Herrn aber in ihrer Jugend sehr

verzärtelt wurden und mancherlei Ausschweifungen
ergeben waren, alle seine Ermahnungen und Vor-
stellungen aber kein Gehör fanden, so merkte und
fühlte Er, daß diese Stelle Ihm wenig Ehre
machen würde, deswegen legte Er dieses Amt
vor Verlauf eines Jahrs wieder nieder, lebte vor
sich, sezte sein Studieren fort, und besuchte
die Lehrstunden der beiden berühmten Lehrer
Alting und Gomar.

Da Ihm aber sein Bruder Ernst schrieb; er
möge nach Danzig kommen, und daselbst für sich
seine Studien fortsezen; und sein Bruder Tobias dieses billigte, so hat Er i. J. 1639 Gröningen verlassen, und ist von da nach Emden,
Oldenburg, Bremen, Stade, Hamburg und
Lübeck zu Land, von hier aber zur See bis nach
Danzig gereiset, und im November daselbst glücklich angekommen. Aber gleich nach seiner Ankunft
fiel Er in eine schwere Krankheit, nachdem Er
aber wieder genesen war, hat Er unter der Leitung seines Bruders die Zeit den Musen geweihet.

Weil aber der Krieg in Deutschland noch
immer fortdauerte und der holde Friede noch weit
entfernt schien, so wünschte unser Gottfried

D 3

eine Reise nach England zu machen, um die
Englische Sprache zu erlernen, damit Er die
damals berühmte Schriftsteller verstehen und benu-
tzen könne. Sein Bruder billigte nicht allein dieses
Vorhaben, sondern versprach Ihm auch thätige
Unterstützung, im Fall Er dieselbe auf dieser
Reise vonnöthen haben sollte.

Im August d. J. 1641 trat Er seine Reise
zur See an, und kam in einigen Tägen glücklich
nach Kopenhagen, woselbst Er sich einige Täge
aufhielte und die Merkwürdigkeiten 12) dieser
berühmten Stadt besahe. Von hier begab Er
sich mit einigen Reisenden nach Helsingör 13) zu

---

12) In Kopenhagen ist besonders der Thurm der Drei-
einigkeits-Kirche merkwürdig; der Thurm ist rund,
oben nicht spitzig sondern platt, und mit eisernen Git-
tern versehen, er ist fünf und fünfzig Ellen hoch und
neun und zwanzig Ellen dick. Der Aufgang ist ein
Schneckengewölbe, aber so geräumig und sicher
gebauet, daß man mit Kutschen und Pferden gemäch-
lich von unten bis oben hinauf, und eben so auch wieder
herunter fahren kann.

13) Helsingör liegt auf der Insel Seeland, in Däne-
mark am Sunde, dabei liegt die schöne Stadt und

Land, von wo sie am folgenden Tag, nachdem der Schiffer den Zoll entrichtet hatte, mit gutem Wind absegelten. Nachdem Sie ohngefehr vierzig Meilen weit gefahren waren, erhob sich ein solcher Sturm, daß Sie wieder in den Sund 14) zurückgetrieben wurden, und daselbst einige Tage verbleiben mußten, bis der Sturm sich gelegt hatte. Kaum war das Schiff einige Meilen weit in die See getrieben, so erhob sich abermals ein entsezlicher Sturmwind, der Sie an die Klippen von Norwegen trieb, woselbst Sie abermals einen halben Tag vor Anker lagen, und ans Land stiegen. Als Sie nun wieder die Anker aufgezogen und die Segel gespannt hatten, stachen Sie wieder in die See, mußten aber wegen widrigem

---

Vestung Cronenburg. Hier wird der sehr beträchtliche Zoll von den Schiffen erhoben, die durch den Sund passiren wollen. Diese Stadt liegt nur eine halbe Meile von Schweden.

14) Der Sund ist die berühmte Meerenge, welche das teutsche Meer mit der Ostsee verbindet, er liegt zwischen der Insel Seeland und der Küste von Schonen, jenseits ist die Festung Kronenburg und dieseits Helsingburg, woselbst die Meerenge nur eine Meile breit ist.

Wind immer laviren 15), welches dann verursachte, daß Sie erst in der siebenden Woche
England ansichtig wurden. Sie hatten bereits
Mangel an Lebensmitteln gehabt, denn der Schiffer
hatte sich nur mit Proviant auf vier Wochen
vorgesehen, weil diese Reise gewöhnlich in drei
Wochen vollendet wird. Alle waren daher hoch
erfreuet, als Sie das feste Land erblickt hatten.
Sie richteten nun ihre Fahrt nach dem Land,
und kamen glücklich in dem Hafen zu Yarmouth 16) an, der ohngefehr hundert englische
Meilen von London entfernt ist.

Unser Gottfried setze am folgenden Tage
mit seinen Gefährten die Reise zu Pferd fort, in
der Gesellschaft befand sich ein junger Kaufmann,

---

15) Laviren heißt bei den Seeleuten, sich mit dem
Schiff gegen den Wind halten, indem man es bald
auf diese, bald auf jene Seite wendet, damit es
nicht zu weit von der bestimmten Fahrt entfernt wird.

16) Yarmouth ist der beste Hafen in der Grafschaft
Nortfolk, liegt am Einfluß des Flusses Tarn; in dieser
Gegend wird alle Jahr ein beträchtlicher Heringsfang
getrieben.

der seine Mutter, eines Predigers Witwe, besuchen wollte, die zu Ipswich, der Hauptstadt in der Grafschaft Suffolk, wohnte; mit diesem zu reisen und einige Tage auszuruhen hatte Er sich vorgenommen; das anhaltende Reiten aber und ein hastig geschlürfter Trunk Spanischen Weines verursachten Ihm eine Ohnmacht, so daß Er ohne Hülfe des Hausknechts vom Pferd heruntergestürzt wäre. Man trug ihn zu Bette, und die durch Vorsorge seiner Freunde im Gasthaus erhaltene gute Verpflegung machte, daß Er am folgenden Tage wieder mit seinen Freunden abzureisen vermochte, obgleich Er noch sehr entkräftet war und das schnelle Reiten auch nicht mehr vertragen konnte.

Am folgenden Tag kamen Sie glücklich in Ipswich an, Er kehrte bei der Mutter seines Freundes ein, wurde von Derselben sehr freundschaftlich aufgenommen und verursachte Ihr gleich einige Beschwerde, indem Er wegen den Folgen seiner gehabten Ohnmacht acht Tage lang das Bett hüten mußte, die gute Frau verpflegte Ihn wie ihr eigenes Kind, bis seine Gesundheit wieder völlig hergestellt war. Kurz hernach machte Er mit dem jungen Kaufmann die Reise nach London,

woselbst es Ihm aber, nachdem Er ohngefehr
acht Tage in dieser berühmten Stadt sich aufgehalten hatte, nicht recht gefiel und seinen End-
zweck zu erreichen zweifelte, entschloß Er sich
wieder nach Ipswich zurückzukehren, weil Er
daselbst schon bekannt war und die Witwe Ihm
freie Wohnung angeboten hatte. Sein gefaßter
Entschluß wurde auch ausgeführt und Er kam
gesund zu Ipswich bei der biedern Witwe an.
Die freie Wohnung wurde von Ihm angenommen und für die Kost zahlte Er wöchentlich einen
Thaler. Diese Witwe hatte einen Knaben, der
ohngefehr neun Jahre alt war, da dieser schon
fertig lesen konnte, so wählte Er ihn zu seinem
Schlafkameraden, der Knabe mußte Ihm nun
täglich Morgens und Abends einige Kapitel aus
der Bibel vorlesen, während dem Lesen nahm Er
dann seine lateinische oder deutsche Bibel, und
las aufmerksam nach. Durch diese Uibung geschah es, daß Er es in Zeit eines Monats so
weit brachte, daß Er alle Stellen in der Bibel
verstunde und schon einige Fertigkeit im Sprechen
erlangt hatte. Die Prediger dieser Stadt, besonders Johann und Joseph Ward, Johann
Wilkinson und andere waren seine vertrauteste
Freunde, und durch den Umgang mit diesen wür-

digen Männern verschafte Er sich sehr viele Kenntniße in der Englischen Sprache, so daß er nach
Verlauf des Winters dieselbe ziemlich fertig sprechen konnte. Nun entschloß Er sich nach London
zu reisen, um allba mit den berühmtesten Männern
bekannt zu werden. Um diese Zeit erhielte Er
einen Brief von seinem Bruder Wilhelm aus
Bremen, in welchem Ihm derselbe den Tod seines
Bruders Christian (gewesenen Pfarrers zu
Nüttermohr) bekannt machte.

Vor seiner Abreise wollte Er auch gerne seine
menschenfreundliche Wirthinn befriedigen, Er hatte
auch bereits Briefe erhalten, daß Er einen Wechsel
in London zu beziehen hätte, da aber das Geld
ausblieb, so wendete Er sich an einen Freund
den Metzger Eduard Hougthon, stellte Ihm
seine Lage vor und entlehnte von Demselben dreißig Thaler gegen eine Handschrift, die Er dem
redlichen Darleiher aufzwingen mußte. Er zahlte
nun seine Schuld und reiste nach genommenem
rührendem Abschied nach London ab. Kaum war
Er daselbst angelangt, so suchte Er den Kaufmann auf, welcher den Wechsel an Ihn auszu-
zahlen hatte. Er fand Ihn und erfuhr von demselben, daß das Geld schon vor vier Wochen

hätte an Ihn abgesendet werden können, wenn
Ihme dessen Aufenthalt bekannt gewesen wäre.
Er nahm also das Geld in Empfang und schrieb'
sogleich an seinen Freund Hougthon; „Er
möge Ihm Ordre geben, an wen Er die geliehene
dreißig Thaler auszahlen solle. „ — Der Biedermann antwortete Ihm aber: „ Ich weiß von
keinem Geld, so sie mir schuldig sind, ich bin
schon contentiret, hier empfangen Sie die mir
aufgedrungene Handschrift zurück, kaufen Sie
sich für die Summe etliche gute Authoren engli-
scher Bücher 17). „ Um diese Wohlthat und
Freundschaft einigermaßen zu vergüten und seine
Dankbarkeit zu erkennen zu geben, kaufte unser
Gottfried eine Englische Bibel und zwei lehr-
reiche Bücher, ließ dieselbe kostbar einbinden und
mit Silber beschlagen, überschickte diese Bücher
seinem Freunde als ein Zeichen seiner Dankbarkeit.

Er besuchte in London die damals berühmte
Lehrer und Prediger Borroughes, Carryt,

---

17) Dermalen gilt das alte, aber bewährte Sprüchwort:
    Der Freunde in der Noth
    Gehn hundert auf ein Loth.

Bourtom 18) und Calamy, genoß ihre
Freundschaft und Liebe, besuchte fleißig ihre Hör-
saale, so daß Er innerhalb eines Jahrs dreihun-
dert Predigten von Ihnen ab- und nachschrieb.—
Um diese Zeit erhielte Er von seinem Bruder aus
Danzig ein Schreiben nebst einem Wechsel von
vierhundert Thalern, für welche Summe Er Ihm
gute Englische Werke kaufen und überschicken
solle. Er zog deßfalls seine Freunde zu Rath,
kaufte die Bücher und überschickte sie wohlver-
wahrt seinem Bruder nach Danzig.

Der Pfarrer von Danzig Johann Schucus
kam i. J. 1643 nach London, um seine Braut
abzuhohlen. Er suchte seinen Freund Andreä
auf, den Er schon in Gröningen hatte kennen
lernen. Diese beide Freunde reisten nun nach
Newbury, (einer Stadt auf der Insel Anglesey)
zu dem D. Twyssius, dessen einzige Tochter die
Braut des Pfarrers Schucus war. Sie hielten
sich daselbst ohngefähr einen Monat auf, und

---

18) Zur Zeit der Verfolgung und der Erzbischöfflichen
Regierung in England wurden diesem Bourtom beide
Ohren abgeschnitten, und wurde elf Jahre ins Elend
verwiesen.

nach vollzogener Trauung reiſten Sie wieder nach
London zurück, nahmen von ihren Freunden Ab-
ſchied, und nach einer glücklichen Fahrt von
ſieben Tägen kamen Sie in Danzig an.

Unſer Gottfried war eine kurze Zeit in
Danzig geweſen, als Er ſeinem Bruder bekannt
machte, daß Er willens ſeie nach Frankreich zu
reiſen; dieſer lobte ſeinen Entſchluß, weil Er
Ihme alsdann in mancherlei Stücken zu Paris
dienen könne. Schnell wurde dieſes Vorhaben
ausgeführt, denn ſchon im Junius d. J. 1643
reiſte Er von Rey aus England ab, und kam
folgenden Tag glücklich in dem franzöſiſchen Hafen
zu Dieppe in der Normandie an. Von hier machte
Er die Reiſe zu Pferd nach Rouen (der Haupt-
ſtadt in der Normandie), und kam glücklich in
Paris an, woſelbſt Er bei ſeinem Schwager,
dem Kaufmann Johann Chriſtoph Boſchen
einkehrte und gut aufgenommen wurde.

Da Er ſich aber meiſtens in der Geſellſchaft
deutſcher Freunde befand, ſo glaubte Er, daß
dieſer Umgang Ihm hinderlich ſein würde, die
franzöſiſche Sprache gründlich zu erlernen. Dieſe
Schwierigkeit offenbarte Er ſogleich ſeinem Schwa-

ger, der Ihn sogleich seinem Schwieger-Vater,
Franz Moreau, in Tours empfahl. — Dieser Moreau war ein reicher Kaufmann, dessen
Sammet- und Seiden-Fabrike mehr als drei-
hundert Menschen beschäftigte; Liebreich und
freundschaftlich wurde unser Gottfried von demselben aufgenommen. Nachdem derselbe Ihn vier
Wochen hindurch bewirthet hatte, verschafte Er
Ihme eine bequeme Wohnung und ein gutes aber
wohlfeiles Kosthaus. Sonntags aber mußte Er
mit bemeldtem Kaufmann in die Kirche fahren,
welche eine gute Strecke Wegs von der Stadt
entfernt lag, und nach dem Gottesdienst mit Ihm
speisen. Auch knüpfte Er mit den Predigern
Corter und Forent daselbst ein unzertrenn-
liches Freundschaftsband. In dem Zirkel dieser
Biedermänner hatte Er den Winter in Tours
angenehm durchlebt und sich viele Kenntniße in
der französischen Sprache erworben. Als Er nun
aber von seinem Bruder aus Danzig einen Brief
erhielte, worinnen derselbe Ihn um Uebersendung
mehrerer Bücher bat, so mußte Er wieder nach
Paris reisen. Er verließ also Tours und seine
dortige Freunde, und reiste nach Saumur, vor
welcher Stadt Ihme ein seltenes und merkwür-
diges Gebäude gezeigt wurde. — Es war auf

dem Felde ein aus acht Steinen auferbauetes
Haus, es war so weitläuftig, daß hundert Personen sich darinnen aufhalten konnten. Die
Bauart war ohngefähr diese: Zwei Steine waren
auf beiden Seiten aufrecht in die Erde gesezt,
darauf lagen zwei eben so große, sodann hinten
und in der Mitte ein Stein; der Sage nach soll
Julius Cäsar daselbst sein Feldlager gehabt haben.

Von Saumur reiste Er über Angers und
Nantes nach Paris, woselbst Ihn ein Brief seines Bruders aus Danzig erwartete, dem ein
Wechsel von vierhundert Kronen beigefügt war,
wofür Er Ihme die Griechische und Lateinische
Väter kaufen und übersenden solle. Er erfüllte
den Wunsch seines Bruders sogleich und Jener
empfing auch die Bücher richtig.

Während seines jezigen Aufenthalts in Paris
erhielte Er mehrere Briefe von seiner Schwester
Elisabeth von Werth aus Bern, worinnen
Sie Ihn bat, seine Rückreise durch die Schweiz
zu machen, sie versprach Ihm dabei alle Reise-
kösten zu bezahlen und überschickte Ihm einen
Wechsel von fünfzig Kronen. Da Er seine Schwester seit achtzehn Jahren nicht gesehen hatte, so

entschloß Er sich zu der Reise nach Bern, besah aber vorher noch die Seltenheiten zu St. Germain en Laye, das daselbst befindliche königliche Schloß, die schöne Grotte, die Wasserkünste und besonders den Thiergarten, in welchem sich damals viele seltene Indianische Thiere befanden. Nachdem Er auch zu St. Denis die Merkwürdigkeiten, als die Reichskleinodien und das königliche Begräbniß in Augenschein genommen hatte, verließ Er im November d. J. 1644 Paris.

Er machte die Reise zu Pferd über Nevers und Roanne nach Lion, woselbst Er auch den neunten Tag glücklich ankam, bis hieher hatte Ihn die Reise nur vier und zwanzig Kronen gekostet. Hier hielte Er sich drei Tage auf und setzte dann in einer angenehmen Gesellschaft seine Reise nach Genf fort, allwo Er seinen Schwager Justus Rhodius besuchte, welcher daselbst o. ö. Lehrer der Griechischen Sprache war. Während seinem dreitägigen Aufenthalt machte Er mit den dortigen berühmten Männern, dem hochteutschen Prediger Justus Gerstenberger, sodann mit Johann Deodati und Theodor Tronchinus Bekanntschaft, Letzterer bewohnte das Haus des Johann Calvin, wo Ihm auch

E

die Bettlade und der Ort, wo Calvin gestorben
ist, gezeigt wurde. Von Genf nahm Er seinen
Weg nach Lausanne, hier besuchte Er die beide
Lehrer Rheinhard und Müller, die Er schon
ehedessen i. J. 1626 hatte kennen lernen, als Er
mit seinem Oheim Ludwig Piscator dahin
gereiset war; Diesen Freunden erzählte Er nun,
daß Alsted und sein Oheim Piscator bereits
i. J. 1643 gestorben seien, Bisterfeld aber noch
lebe, und der Zustand der hohen Schule zu Weissenburg (nun Karlsburg) hierdurch in Verfall
gerathen seie. Vergnügt verlies Er Lausanne und
kam glücklich bei seiner Schwester in Bern an;
die Freude und das Vergnügen, welches diese
Zusammenkunft verursachte, läßt sich eher fühlen
als beschreiben: Da die Winterszeit bereits herangenahet war, so versprach Er seinen Freunden,
den Winter durch bei Ihnen zu bleiben. Seinen
Aufenthalt hier machten Ihm seine Freunde und
der Umgang mit den würdigsten Männern dieser
Stadt angenehm. D. Stephan Fabricius,
erster Prediger daselbst, verehrte Ihm zum Andenken seine practische Erklärung der kleinen
Propheten, D. Rütimeyer, Gering, (ein
gebohrner Pfälzer), Tscherius, D. Luthard
und David Wilhelmi (von Baccharach ge-

bürtig) waren seine vertrauteste Freunde, mit lezterem hatte Er in Gröningen studiert.

Um diese Zeit trug sich in Bern und den angrenzenden Orten folgende Natur-Begebenheit zu: Auf einen Sonntag Mittag gegen eilf Uhr erhob sich plözlich ein fürchterlicher Sturmwind, der etliche Pyramiden an dem Thurm der Haupt-kirche, der von lauter Quadersteinen erbauet ist, herunterriß, welche sich eine Oeffnung durch das Kirchen-Gewölbe machten, und die Stühle der Kirche, worauf sie fielen, knietief in den Boden hineinschlugen. — Der dreieckigte Galgen wurde aus dem Grund herausgerissen. — An einigen Orten wurden die ganze Dächer von Kirchen und Häusern heruntergeworfen. — Viele hundert Eich-bäume riß der Sturm mit den Wurzeln heraus. — Zu Genf wurde die Rhone bis an den Ein-fluß, wo die Rhone in den Genfer See fällt, zurückgetrieben, so daß man die Fische mit den Händen fangen konnte. Dieser Sturmwind legte sich aber nach Verlauf einer Viertelstunde, in welchem kurzen Zeitraum er so gräßliche Verwü-stungen angerichtet hatte.

Unterdessen war der Frühling herangenahet,

und unser Gottfried entschloß sich den Rhein
hinunter zu reisen. Sein Schwager Abraham
von Werth ließ Ihm zu Ehren alle Lehrer der
hohen Schule und der Kirchen zu einem kostbar
zubereiteten Nachtessen einladen. Alle Gäste, aus-
genommen der krank gewordene D. Rütimeyer,
erschienen auch, und genossen einen angenehmen
Abend.

Am folgenden Tag nahm Er von seinen lieben
Freunden Abschied, und erhielte von seinem
Schwager hundert Kronen Reisegeld. Glücklich
kam Er nach Zürch, woselbst Er seinen alten
Freund den D. Johann Heinrich Hottinger
(der i. J. 1639 mit Ihm zu Gröningen studiert
hatte,) besuchte, der Ihm auch viele Ehre und
Freundschaft erzeigte. Als Er auch daselbst den
D. Johann Jakob Breitinger heimsuchte,
und dieser erfuhr, daß Er ein Enkel des D.
Piscator seie, fiel Er Ihm um den Hals und
weinte vor Freude, weil Er noch in seinem hohen
Alter das Glück habe einen Anverwandten seines
würdigsten Lehrers zu sehen. Unserm Gottfried
zu Ehren wurde in Zürch auf der sogenannten
Chorherrn-Stube ein prächtiges Gastmahl zuge-
richtet, bei welchem der alte Breitinger allein

nicht erscheinen konnte, weil Er Schwächlichkeits
halber das Haus hüten mußte.

Von hier nahm Er nach genommenem Abschied
seinen Weg nach Basel, allwo Er einen Monat
verweilen mußte, weil Er sich wegen den Kriegs-
unruhen vorgenommen hatte, in Gesellschaft einiger Baßler Kaufleute nach Frankfurt zu reisen.
Während diesem Aufenthalt machte Er mit den
damals lebenden Gelehrten Bekanntschaft, und
erwarb sich die Freundschaft des Theodor Zwin-
ger, Johann Buxtorff, Rudolph Wetz-
stein und des D. Amyrald. — Die Frankfurter Meße nah'te heran, und wegen der Unsicherheit entschloßen sich nur sieben Kaufleute die
Meße zu besuchen, mit welchen unser Gottfried
die Reise unternahm. Sie kamen glücklich in
Breisach an, woselbst Sie wegen Erhaltung eines
Paßes sich zum General Erlach begaben, den
die Kaufleute auch erhielten. Von gedachtem
General hatte unser Gottfried durch Verwen-
dung seines Schwagers bereits schon in Bern
einen Paß empfangen, da dieser aber schon ein
halbes Jahr alt war, so meldete Er sich ebenfalls
eines neuen wegen, erhielte aber zur Antwort:
„ Der Paß seie noch gut, er bedürfe keines neuen. "

Als Sie bei der Rheinschanze unter Breisach angelangt waren, so berathschlagten Sie sich, ob
Sie nicht zu ihrer Sicherheit ein Convoy 19)
bis Strasburg mitnehmen wollten? — Allen
schien' es dienlich, und aus besagter Schanze
wurden Ihnen ein Fähndrich und achtzehn Musketier zu Ihrer Bedeckung mitgegeben. Der
Fähndrich erhielte zwei und jeder Musketier einen
Reichsthaler bis Strasburg.

Das Convoy fuhr in zwei an einander befe-
stigten Nachen von ferne dem Fahrzeug der Kaufleute nach, als leztere nun an einen Ort kamen,
wo der Rhein auf das Land zu einen Fall hat,
wurden sie von einer sechszehn Mann starken
Partey 20) angegriffen, welche Sie zur Lan-

---

19) Convoy ist ein in bewaffneter Mannschaft beste-
hendes Geleit, welches man Personen und ihren Gü-
tern zur Sicherheit mit zur Begleitung gibt.

20) Partey wird im Krieg diejenige Mannschaft ge-
nennet, welche ausgeschickt wird um den Feind auf-
zusuchen. Eine solche bestehet meistens aus den
besten Soldaten.

dung zwingen wollten. Das Convoy konnte wegen der Krümme nicht gesehen werden, und auch so geschwind nicht zu Hülfe eilen. Die Gesellschaft rief also den Parteygängern zu: — Sie sollten mit dem Schießen einhalten, Sie würden alsdann ans Land fahren. Da der Nachen aber immer fortruderte, so schoßen Sie zweimal darauf, aber zum Glück wurde kein Mensch beschädigt, eine Kugel fuhr in einen Ballen Tuch und eine andere blieb in einem mit Baum= öhl vollgefülltem Faß stecken. Sie feuerten hier= auf noch öfters, aber ohne Erfolg, auf den Nachen, unterdessen kam das Convoy an, wel= ches im ersten Feuer einen von den Parteygängern erlegte; das Feuern dauerte von beiden Seiten noch einige Zeit fort, bis sie endlich durch ein im Rhein befindliches Wehr von einander getrennt wurden. Von der Gesellschaft und vom Convoy wurde aber keiner verwundet noch getödtet. Sie kamen also glücklich zu Strasburg an, mußten aber, weil es schon zu spat war, in der Vorstadt übernachten, woselbst Sie die Convoy auszahlten und zehrfrei hielten. Am folgenden Tag begaben Sie sich in die Stadt, und nach getroffener Abrede entschloßen Sie sich gegen Abend zu Schiffe zu gehen, und abermals zehn Soldaten von der

Stadt zur Convoy mitzunehmen. Am Abend
bestiegen Sie auch wirklich das Schiff, stießen aber
erst am folgenden Morgen vom Land, kaum waren Sie einige Stunden gefahren, so wurden Sie
abermals von der nemlichen Partey, die aber
jezo vierzig Mann stark war, zu Waßer und zu
Land angegriffen und angehalten ans Land zu
fahren. Als nun die Gesellschaft ihre Strasburger
Convoy fragte: Ob sie sich wollten vertheidigen;
antwortete dieselbe: „Sie hätte hiezu keine Ordre, man solle der Partey nur einen Zehrpfennig
geben, im übr... wolle Sie wegen dem Plün-
dern die Gesellschaft wohl sichern.„ Der Schiff-
mann fuhr also ans Land, kaum aber hatte Er
daßelbe erreicht, so rief der Anführer der Partey:
„Die Baßler sollten herausgehen.„ Alle befolg-
ten es, nur unser Gottfried blieb' im Schiff,
weil er kein Baßler war, sondern blos in ihrer
Gesellschaft die Reise mitmachte. Da der Anführer aber den Mann, welchen er gesucht hatte,
nicht fand, so forderte Er von den Reisenden hundert Dukaten. Da aber die Strasburger Convoy sich darüber beschwerte, so nahmen Sie mit
zwei und vierzig Dukaten fürlieb, von welchen
der Anführer zwei und jeder Soldat eine Dukate
erhielte; woran aber alle Reisende zahlen mußten.

Kaum waren Sie einige Stunden gefahren, so wurden Sie abermals von einer Partey angegriffen, die Sie mit zehu Thalern abfertigten. Am nemlichen Tag wurden Sie noch sechsmal von solchen Parteyen angehalten, die Sie mit Geld befriedigen mußten. (Die Reise von Basel bis auf Frankfurt hatte unsern Gottfried mehr gekostet, als von Paris nach Basel). Die Gesellschaft kam glücklich nach ausgestandener großer Gefahr in Frankfurt an, unser Gottfried aber begab sich gleich nach Honau, um daselbst seine Freunde zu besuchen. Von seinen Basen, seinem Schwager Heinrich von der Creuß, der damals Rathsherr war, und von seinem Landsmann, dem Pfarrer Konrad Henning wurde Er auf's freundschaftlichste empfangen und bewirthet.

Als die Messe sich ihrem Ende nah'te, verließ Er seine Freunde und ging nach Frankfurt zurück, von wo Er mit den berühmten Buchhändlern Elzevier aus Leiden seine Reise zu Waßer bis nach Arnheim, und von da zu Land über Amersfort und Narden nach Amsterdam fortsezte, woselbst Er sogleich seine Schwäger, Lorenz und Stephan de Geer und Herrn von Simo begrüßte

und von Ihnen auch sehr liebreich aufgenommen
wurde. Von hier reiste Er zu seinem Bruder
Tobias nach Gröningen, allwo Er sich nun
einige Monate aufhielte. Hier fand Er unver-
muthet seinen Gönner Paul Strasburger,
(den Tochtermann des königlich Schwedischen
Residenten Ludwig Camerarius) der ehedessen
Schwedischer Gesandter in Siebenbürgen und bei
der Ottomannischen Pforte war. Unser Gottfried
hatte Ihn schon zu Weissenburg jezo Karlsburg
in Siebenbürgen i. J. 1632 und 1633 kennen
lernen, und wollte damals mit Ihm nach Konstantinopel reisen, wie Uns bereits bekannt ist.

Da Ihm nun sein Gönner zu wißen that',
daß Er entschloffen seie nach Schweden zu reisen,
seinen Weg über Lübeck nehmen werde, und
Ihm antrug, daß Er bis dahin mitreisen möchte,
so nahm Er diese Einladung mit Freuden an,
da Er sich bereits schon vorgenommen hatte seinen
Bruder Ernst in Danzig zu besuchen. Einige
Täge hernach gingen beide zu Schiff und kamen
glücklich in Lübeck an. Hier trennten Sie sich,
der Gesandte fuhr nach Schweden, und unser
Gottfried segelte nach Danzig, woselbst Er

seinen Bruder und dessen Familie in bestem Wohl-
sein antraf.

Hier übte Er sich in der praktischen Gottesgelehrtheit, und predigte öfters für den Pfarrer
Gerhard Bettinger (von Sobernheim in der
Pfalz gebürtig) zu Nassenhuben, einem Gut des
Starosten 21) Gerhard Prönen. Da Ihn
dieser Herr sehr liebte und Er öfters bei Ihm in
Gesellschaft war, und dadurch erfahren hatte,
daß Er in Siebenbürgen bekannt seie, so redete
Er Ihn bei einer Zusammenkunft an; Ob Er
nicht wichtiger Geschäfte wegen Nahmens Seiner
die Reise nach Weissenburg in Siebenbürgen unternehmen wolle? Unser Gottfried aber, so
gerne Er den Wunsch seines Freundes erfüllet
hätte, schlug' diese Aufforderung aus folgenden
wichtigen Ursachen aus: „Wie kann ich," sagte
Er, „bei jetziger kalten Jahreszeit, es war im November d. J. 1646, eine Reise von 300 Meilen
unternehmen, da Berg und Thal mit Schnee be-

---

21) Starosten sind Lands = oder Amts = Hauptleute
über die Königl. Städte und Schlösser in Pohlen, sie
verwalten das Justiz = Wesen und haben die Aufsicht
über die Einkünfte.

deckt ſind und keine Bahn zu finden iſt. Auch
iſt mir der Weg von Danzig nach Weiſſenburg
völlig unbekannt, und an Reiſegefährten fehlt es
auch; Hauptſächlich aber ſchreckt mich die in
Siebenbürgen ſo ſtark wüthende Peſt ab, indem
ſchon bekanntlich ganze Dörfer ausgeſtorben ſind.„
Aeußerſt ungern ſchlug Er dieſes Geſuch ab,
denn der menſchenfreundliche Staroſt hatte mehrere tauſend Gulden den bedrängten Pfälziſchen
Pfarrern und Schullehrern zugeſendet. — Der
Staroſt aber erkannte die Wahrheit ſeiner Gründe
und drang nicht weiter in Ihn. Als aber im
Dezember ein Siebenbürger Edelmann mit ſeinem
Diener in Danzig ankam, und der bied're Staroſt dieſes erfahren hatte, ſo erneuerte Er ſeine
Bitte, und unſer Gottfried gab Ihm auch
nun das Jawort. Er verſah' ſich mit warmer
Kleidung, einem guten Pferd und Gewehr auf's
beſte, und nachdem der Staroſt Ihm eine Vor-
ſchrift wegen ſeinen Geſchäften ertheilt hatte,
verließ Er den 7 Jänner i. J. 1647 in Geſellſchaft
des Edelmanns die Stadt Danzig, und trat' die
äußerſt gefährliche Reiſe durch Pohlen und Ungarn
an. Sie durchreiſten Thoren, Warſchau, Cracau,
und kamen den fünfzehnten Hornung glücklich zu
Saros Patach in Ungarn an. Am folgenden Tag

fand sich auch daselbst der zweite Prinz des Fürsten Georg, nahmens Sigismund Rakoci,
ein, welches allgemein geliebten Prinzen Ankunft
durch eine in Ungarischer Sprache gehaltene Rede
von sämtlichen Lehrern und Pfarrern gefeiert
wurde. Nach gehaltener Rede dankte Ihnen nicht
nur der Prinz, sondern reichte auch Jedem seine
Hand zum Zeichen der Liebe und Freundschaft.
Um sich einigermasen von der Reise zu erholen,
blieben Sie einige Täge in Saros-Patach, woselbst der Edelmann geboren und bekannt war.
Von hier reisten Sie nach Debrezin, Wardein,
Clausenburg, Enjedin und den ersten März kamen
Sie in Weissenburg an. Unser Gottfried besuchte gleich die Witwe seines Oheims Piscator,
die ihn mit der Liebe einer Mutter empfing' und
aufnahm. Am folgenden Tag besuchte Er auch
den D. Bisterfeld, und machte Ihn mit den
Geschäften bekannt, weswegen Er diese beschwer-
liche Reise unternommen habe. Dieser versprach
Ihme Unterstüzung und Hülfe, hat aber nachher
wenig oder gar nichts geleistet. Als der Fürst
vernommen hatte, daß unser Gottfried, ein
Enkel des Piscators, da wäre, ließ Er Ihn
einladen und Er mußte öfters an der Fürstlichen
Tafel speisen. Da Er im folgenden Jahr 1648

von dem Fürsten Abschied nahm und um einen sichern Geleits-Brief bat, erhielte Er auch denselben, und der Fürst beschenkte ihn mit einem Wallachischen Testament, welches unter Seiner Regierung zum erstenmal in Wallachischer Sprache gedruckt erschienen ist; dieses Testament hat Er hernach seinem Bruder Ernst in Danzig verehret. — Da aber der Fürst zu selbiger Zeit eine Reise nach Ungarn machte, so mußte Ihn unser Gottfried begleiten und auf der ganzen Reise an seiner Tafel speisen. Als Er zu Waradein von dem Fürsten Abschied nahm, gab Ihm dieser ein Schreiben an den Statthalter zu Tockay mit, daß dieser Ihm einige Flaschen ächten Tockayer zum Andenken mitgeben solle, um davon die Probe nach Danzig mitzunehmen; Er erhielte dieselbe auch.

Da nun unser Gottfried und ein von Konstantinopel entwichener Oberste Karl von Dyck sich vorgenommen hatten nach Danzig und von da nach Holland zu reisen, und Dieselbe in Saros-Patach ankamen, wurde ihr Plan geändert, denn der Prinz Sigismund Rakoci überredete Sie mit Ihnen die Reise nach Munkats (Mongatsch), einer Vestung in Ober Ungarn, zu machen. Sie konnten und wollten dieses nicht ab-

schlagen, und hofften in kürzer Zeit wieder nach
Saros Patach zurückzukehren. Sie genossen in
Munkats sehr viel Vergnügen, denn Sie speißten
an der Tafel des Prinzen und belustigten sich täglich mit der Jagd, da in dortiger Gegend Hirsche,
Rehe und Haasen in grosser Menge vorhanden
waren. Ein Monat war bereits verflossen und
der Prinz dachte noch nicht an die Rückreise,
Sie machten Ihm also Ihren Entschluß, nach
Cracau reisen zu wollen, bekannt, der Prinz ent-
ließ Sie sehr freundschaftlich und gab Ihnen vier
Reuter zur Bedekung mit, weil damals der Weg
sehr unsicher war, welches Sie auch am folgenden Tag wirklich erfahren haben. Sie wurden
von ohngefähr dreißig Räubern angegriffen, der
Oberste mit seinen drei Dienern, Gottfried mit
den vier Reutern fielen aber gleich mit Muth auf
sie ein, und da es sehr regnete, konnten die Räuber ihre Gewehre nicht benutzen, und nachdem einige von Ihnen verwundet waren, nahmen Sie
die Flucht, und unsere Gesellschaft kam glücklich
in Cracau an. Während ihrem achttägigen Aufenthalt in Cracau berathschlagten Sie sich, wie
Sie ihre Reise weiter fortsezen wollten. Sie kauften eine Flöße, ließen Stallung für ihre Pferde
darauf bauen, und eine bretterne Wohnung für

sich zubereiten. Mit dieser Flöße fuhren Sie auf
der Weichsel von Cracau ab, und kamen in der
dritten Woche glücklich in Danzig an. Hier ver-
kauften Sie ihre Flöße mit ansehnlichem Gewinn,
worauf der Oberste seine Reise zur See nach
Amsterdam antrat, unser Gottfried aber begab sich zu dem Starosten Proenen, und stat-
tete Ihm Bericht über das aufgetragene Geschäft ab.

Die Hoffnung des Friedens in Deutschland
wurde von Tag zu Tag gegründeter, unser Gottfried war daher willens sich wieder in die Pfalz
zu begeben, allein eine schwere Krankheit hinder-
te Ihn an der schnellen Ausführung dieses Vor-
habens. Nach Verlauf eines Vierteljahres genaß
er wieder, und kaum waren seine verlohrene Kräfte wieder einigermaßen hergestellt, so unternahm
Er die Reise von Danzig nach Amsterdam, die Er
innerhalb vierzehn Tägen zurückgelegt hatte. Von
hier begab Er sich über Utrecht, Arnheim, Em-
merich und Rees nach Cöln; von da fuhr Er
auf einem Marktschiff nach Mainz und Frankfurt, woselbst Er seinen Schwager Johann
Leonhard Engel von Heidelberg antraf, in
dessen Gesellschaft Er i. J. 1649. an dem Tage in

Heidelberg ankam, an welchem die Bayersche Be=
sazung aus der Stadt zog.

* * *

Da bisher der öffentliche Gottesdienst gestört
und die Pfarrer vertrieben waren, so wurden
nun Anstalten getroffen, und unserm G o t t f r i e d
sollte die erste Predigt übertragen werden. Da
aber auch zu selbiger Zeit der Pfarrer H e i m i u s
von Hanau und der bejahrte Pfarrer S i g e l von
Wachenheim in Heidelberg ankamen, so wurde
diesen würdigen Männern die Verrichtung des er=
sten öffentlichen Gottesdienstes anvertrau't, und un=
ser G o t t f r i e d hielte die zweite Betstunde. Da
Er aber noch nicht ordinirt war, so suchte Er
deßfalls bei dem D. H e i m i u s an, der damals
die Stelle eines Kirchenraths versah. Seine Bitte
wurde sogleich erfüllt, indem er öffentlich den 4.
Oktober l J. 1649. in der Kirche zum h. Geist in
Gegenwart folgender sechs Pfarrer S i g e l ,
D r a u t , A n h o r n , B a c h e n d o r f , F l o r e t
und J a c o b i von dem D. H e i m i u s ist einge=
segnet worden.

F

Nach dieser kirchlichen Handlung begab Er
sich nach Weinheim an der Bergstraße und hielte
da die erste Predigt auf den 20 Sonntag nach
Trinitatis genannt, Nachmittags hielte Er eine
Leichen-Rede über die Worte Pauli 2. Timoth.
4, 7. Ich habe einen guten Kampf ge-
kämpfet 2c. Den 21. Sonntag nach Trinitatis
verrichtete Er abermals den Gottesdienst zu Weinheim. Den 22. Trinitatis predigte Er zu Rohr-
bach bei Heidelberg. Den 23. S. T. hat Er in
Neckargemünd geprebigt und das heilige Abendmahl ausgetheilet, ohngefähr zweihundert Menschen, worunter sich fünfzig Personen aus dem
nahe gelegenen Städtchen Neckar Steinach befanden, empfingen damals das heilige Abendmahl.
Den 22. November l. J. wurde Ihm von dem
Kirchen-Rath die Verwaltung der Pfarrei Ne-
kargemünd und des Dorfes Hagen, welches drei
Stunden davon entfernt liegt, übertragen. Einige Tage nachher wurde Er aber wider alles
Vermuthen und ohne Ansuchen von dem Kirchen-
Rath als ordentlicher und wirklicher Pfarrer der
Stadt Neckargemünd angestellt, wie aus nach-
folgendem Decret des Kirchen-Raths zu ersehen ist.

„ Demnach auff Special Befehl und Con-
„ firmation des Durchleuchtigſten unſſers gnä.
„ digſten Churfürſten und Herrn, Herrn Carl
„ Ludwigs, Pfaltzgraven bey Rhein, des H.
„ Röm. Reichs Ertztruchſaſſ und Churfürſtens,
„ Hertzogens in Bayern ꝛc. ꝛc. Vorweiſſer die-
„ ſes der würdig — und wohlgelehrte Herr
„ Gottfried Andreä zu Neckargemündt zum
„ Pfarrern verordnet worden; alſſ iſt ahn Be-
„ ampte und Gemeindt daſelbſten, unſer Ends
„ benahmten gebührliches erſuchen und geſin.
„ nen, ſelbigen zu ihrem Pfarrer gutwillig auf-
„ und anzunehmen, darfür zu erkennen und
„ zu halten, auch behörendter maſſen zu re-
„ ſpectiren, zu gewiſſer Zeit und gewöhnlichen
„ Stunden ſeine Predigten fleiſſig, und ohne
„ eine lieberliche Verſaumbniß anzuhören; beſ-
„ ſen von Ihnen zu beſcheben, von Unſſ gäntz.
„ lich verſehen, Urkundlich Unſerer eygenhän.
„ digen ſubſcriptionen. So geſcheben zu Hey-
„ delberg den 27. Nov. 1649.

„ Churfürſtlichen Pfaltz Kirchen Rhät ba.
„ ſelbſten,

F ⸗

„Daniel Tossanus.

„Guilielmus Christophorus Heimius.

„Johannes Sueitzer, Doctor."

Er wurde von dem Kirchen Rath in Pflichten genommen und der Gemeinde als Ihr Lehrer vorgestellt. Da aber zu selbiger Zeit noch sehr wenige Pfarrer vorhanden waren, so war sein Amt eines der beschwerlichsten, denn Er mußte ein ganzes Jahr hindurch wochentlich fünf auch sechsmal predigen, indem Er noch eilf Ortschaften, als Dilsberg, Wiesenbach, Bammenthal, Geisberg, Mekesheim, Lobefeld, Zotzenhausen, Hagen, Schönbrunn, Wimmersbach und Schönau, mit versehen, allda taufen, kopuliren und die Leichen-Reden halten mußte. Wenn Er auf Festtäge an einem oder dem andern Ort predigte, so ließ er es vorher in den benachbarten Orten bekannt machen. Nach Verlauf eines Jahrs aber erhielten diese Orte ihre eigene Pfarrer, und blos das Schloß und die Gemeinde Dilsberg wurde Ihm als eine Tochterkirche übertragen.

Da bei dem Antritt seiner Pfarrei das Pfarrhaus ganz zerstört und unbewohnbar war, so

hat Er sein Quartier in dem Wirthshaus zur
Pfalz nehmen müssen, welches Ihm nun freilich
nicht sehr angenehm war, indem Er das in den
Gasthäusern gewöhnliche Getös nicht vertragen
konnte. — Folgende Begebenheit beweiset, in welcher Würde damals ein Pfarrer stunde und wie
viel er über die Herzen der Menschen vermochte.
— — An einem Abend waren viele Leute, unter
andern ein Adelicher und einige Rathsherrn von
Mosbach am Neckar in dem Wirthshaus ver-
sammelt, diese waren lustig und frölich, und zech-
ten bis gegen Mitternacht wacker d'rauf los.
Unser Gottfried, der eben im Studieren einer
Bettags-Predigt begriffen war, hörte öfters die
Worte: der Teufel hohle mich — Gott
strafe mich u. s. w. Durch den anhaltenden
Lärmen wurde Er in seinem Studieren gestört,
und als Lehrer der Kirche erinnerte Er sich der
Worte: Wer Sünden höret, und zeiget solches
nicht an, der macht sich fremder Sünden theilhaftig. — Er verfügte sich also zu der Gesellschaft
gegen Mitternacht, redete alle freundschaftlich
an, und strafte Sie mit gelinden Worten wegen
Ihren unchristlichen Redensarten. Der anwe-
sende Adeliche, ein churpfälzischer Lieutenant, bat
Ihn wegen diesen ausgestossenen Worten um

Verzeihung und erklärte Ihm, daß er solche Worte
blos aus Gewohnheit und nicht aus Bosheit geredet habe. Er widerlegte seine Entschuldigung,
vermahnte sie zu einem sittlichen Betragen und
wollte sich entfernen. Die Gesellschaft dankte Ihm
herzlich, versprachen Folge zu leisten und wünschte
Ihm eine gute Nacht. Er begab sich auf sein
Zimmer, die Gesellschaft verhielte sich ruhig, und
alle rüsteten sich um der Ruhe zu pflegen 22).
Am folgenden Tag wurde dieser Auftritt schon
in Heidelberg bekannt, unser Gottfried wurde
vorgeladen; als er sich nun bei dem versammel-
ten Kirchenrath eingefunden und umständlich alles erzählt hatte, wurde sein Verfahren nicht
allein gebilligt, sondern Er zu fernerm Eifer, in
Ansehung des sittlichen Betragens aufgemun-
tert 23).

---

22) Ob dermalen ein Pfarrer noch so viele Gewalt hat?
leider nein; denn in unsern aufgeklärten Zeiten ist
zwar die Sitten-Verderbniß aufs höchste gestiegen,
aber manche Pfarrer sind auch aus ihrem Gleiße ge-
tretten, wie können solche — andere zurechtweisen
oder bestrafen! und dem Biedermanne ist die Macht
genommen, Gutes zu wirken.

23) Dermalen erstreckt sich die Macht des Kirchen-
Raths nicht mehr so weit; — Derselbe hat sehr

Die Nahrung des Gastwirths zur Pfalz wurde aber dadurch sehr geschwächt, indem viele Gäste sein Haus mieteten, der Wirth wünschte also, daß Er eine andere Wohnung beziehen möchte, und Er selbst sehnte sich nach einem ruhigern Ort. Durch öfteres Anhalten und selbst verfertigten Plan brachte Er es endlich dahin, daß das Pfarrhaus wieder gebauet wurde, und Er dasselbe beziehen konnte.

Er führte nun seine eigene Haushaltung mit einer alten Magd seines gewesenen Wirths, da Ihm aber diese mißfiel, so entschloß Er sich zu

---

viel, wie bekannt ist, von seinem Ansehen verloren, und leider! bisher, aller angewandten Mühe ohnerachtet, nichts von den Ihm gewaltsam geraubten Rechten erhalten können. — Auf das sittliche Betragen der Gemeinds-Glieder hat der Kirchen-Rath wenig Einfluß mehr, — sogar sucht man Ihm die Gewalt, sittenlose Pfarrer zu bestrafen, aus den Händen zu reißen. Geschehene Thaten lassen sich nicht läugnen, und Beispiele davon sind vorhanden, die aber nicht hieher gehören, und von denen erzählt werden mögen, die das Wohl der Reformirten Kirche zu besorgen haben. — — —

F 4

vereheligen. Die Ihm beßfals von seinen Freunden in Heidelberg gemachte Vorschläge wollte Er
aber nicht annehmen, sondern die Ankunft seines
Bruders Ernst, der von dem Churfürsten Carl
Ludwig als Inspektor nach Weinheim berufen
war, abwarten. Dieser hatte bereits Danzig
verlaffen, und war bei seinem Bruder Wilhelm in Bremen angelangt; hier wurde Er aber
von einer so harten und gefährlichen Krankheit
überfallen, daß Er ein ganzes Jahr in Bremen
verweilen mußte. Da Er aber indessen die Ge-
sinnungen seines Bruders Gottfried erfahren
hatte, so schlug Er Ihm ein ehrbares und sitt-
sames Mädchen aus Danzig vor, die in Nürnberg zwar gebohren, aber in Danzig erzogen
wurde; unser Gottfried kannte dieselbe zwar
von Ansehen, ihr Charakter aber war Ihm unbekannt. Sie hieß Helena Tresal, ihr Vater
Anton Tresal war herzoglich Curländischer
Amtmann in Goldingen, und ehedessen Patrizier
in Nürnberg, ihre Mutter war eine gebohrne
Mitz aus der Familie der damals unter diesem
Namen berühmten Kaufleute in Amsterdam, Cöln
und Basel. Unser Gottfried nahm den Vorschlag seines Bruders an, und übertrug Ihm und
seinem Freunde, dem Pfarrer Pantelius, das

Geschäft, Namens Seiner das Jawort der Eltern und Tochter Ihm auszuwirken. Sowohl die
Eltern als auch die Tochter nahmen den Antrag
an, und würden mit seinem Bruder sogleich die
Reise nach Deutschland unternommen haben,
allein die überhäufte Geschäfte des Vaters, die
Krankheit der Mutter und seines Bruders ver-
zögerten dieselbe. Sein Bruder kam endlich ohne
die Braut in Weinheim an, indem die Mutter
noch immer mit dem Fieber behaftet war. Endlich
genas die Mutter, und sie reiste mit der Braut
und Ihrer Schwester nach Amsterdam, woselbst
Sie Gottfried abzuholen versprochen hatte.
Seine überhäufte Amtsverrichtungen erlaubten
Ihm aber diese Reise nicht, daher es geschah,
daß Sie statt seiner Gegenwart einen Brief erhielten, der Ihnen alles erklärte. Sie setzten ihre
Reise fort, und bei dem Städtchen Bensheim
an der Bergstraße wurden Sie von Ihm empfangen, und sogleich nach Heidelberg und Neckargemünd begleitet. Den 12. August im Jahr 1651
wurde die Trauung durch seinen Bruder Ernst
vollzogen.

Seine Pfarr-Besoldung war sehr gering, denn
dieselbe bestunde in dem großen und kleinen Ze-

F 5

henden, welche damals sehr gering und mit großen Unkösten verknüpft waren; — so daß Er
während den zehn Jahren, die Er als Pfarrer
in Neckargemünd durchlebte, mehr als tausend
Gulden von seinem Vermögen einbüßen mußte,
dennoch war Er nie Willens diese Stelle zu verlaſſen.

Mit seiner liebenswürdigen Hausfrau hat Er
nachfolgende Kinder in Neckargemünd gezeuget.
Den 15. August i. J. 1653 wurde Ihm eine
Tochter gebohren, die in der h. Taufe den Namen seiner Schwester in Bern Elisabeth erhielte. — Den 7 Junius i. J. 1655 beschenkte
Ihn seine Frau abermals mit einer Tochter, welcher der Name Sara beigelegt wurde. — Als
Er i. J. 1657 dem claßischen Konvent zu Heidelberg beiwohnte, wurde seine Hausfrau in seiner
Abwesenheit den 16. April von einem Knaben
glücklich entbunden; zu Taufpathen wurden sein
Bruder Wilhelm in Bremen und seiner Frauen
Vetter zu Cöln Johann Wilhelm Mitz
eingeladen, und das Kind empfing also in der
h. Taufe den Namen Johann Wilhelm.

Als Er nun zehn Jahre als Pfarrer in Neckargemünd gestanden hatte, erhielte Er wider alles

Vermuthen vom churpfälzischen Kirchen-
Rath nachfolgendes Schreiben:

„Unsern Gruß zuvor, lieber Pfarrer und
guter Freundt!

„Demnach des Pfaltzgraffen Churfürstliche
„Dhlt uff unssern unterthänigsten Vorschlag
„gnädigst Euch zu der vacirenden Inspection
„Odernheim an des abgelebten Inspectoris Ja-
„cobi Roderi Stelle, gnädigst anzunehmen.
„Alß wird Euch solches hiemit notificiret, mit
„Befehl, daß Ihr gegen bevorstehenden Frey-
„tag nach zehen Uhren Euch unverlengt im
„Kirchenrath einfinden lasst und die gewöhn-
„liche præstanda præstiret. In dessen Erwar-
„tung, wir Uns sämptlich göttlicher Protection
„ergeben. Signatum Heydelberg den 5 Octobr.
„1659.

„Churpfaltz verordneter Kirchenrath.“

Da Er wußte, daß mehrere würdige Männer um diese Stelle angesucht hatten, und Er
nicht gerne Neid erwecken wollte, auch seine Gemeinde Ihn ersucht hatte bei Ihr zu bleiben, so
stellte Er sich zwar auf den bestimmten Tag bei

dem Kirchen-Rath in Heidelberg ein, suchte
den Beruf nach Odernheim von sich abzulehnen
und erklärte dabei, daß Er nie Willens wäre
seine Gemeinde in Neckargemünd zu verlassen.
Der versammelte Kirchen-Rath aber legte
Ihm das eigenhändige Schreiben des Churfürsten vor und bedeutete Ihm, daß Er ohne Vorwissen des Churfürsten nichts an dem Beschluß
ändern könne. Er trug also darauf an, daß man
Ihm erlauben möchte, vor Ablegung seines Eides
nach Odernheim reisen zu dörfen; dieses wurde
Ihm auch bewilligt. Einige Tage hernach machte
Er sich zu Pferd auf den Weg, der Schullehrer
und ein Bürger von Neckargemünd begleiteten
Ihn zu Fuß; da es regnigtes Wetter war, so
blieb' Er bei Ladenburg, als Er durch den Neckar
reiten wollte, im Morast stecken, da das Pferd
immer mehr sank, so sprang Er herab und kam
auch glücklich an das Ufer. Einige herbeigeeilte
Leute brachten mit großer Mühe das Pferd wieder heraus, und durchnäßt ritt' Er nun mit
seinen Gefährten bis nach Viernheim, woselbst
Sie sich trockneten und übernachteten. Am folgenden Tag begaben Sie sich nach Lampertheim,
von da über Worms nach Odernheim. Hier besah' Er die Kirche, welche und besonders aber

das darinnen befindliche Chor Ihm sehr wohl
gefiel. Als der damalige Schultheiß und einige
Raths Verwandten seine Ankunft vernommen
hatten, begaben Sie sich sogleich zu Ihm in das
Wirthshaus, bewillkommten Ihn als ihren künf-
tigen Seelsorger, ließen eine Abendmahlzeit zu-
richten, bei welcher diese Herren Ihm Gesellschaft
leisteten. Obgleich Er Ihnen zu versteh'n gab,
daß Er den Beruf noch nicht angenommen hätte,
und daß Er Willens wäre in Neckargemünd zu
bleiben, dem ohnerachtet erzeigten Sie Ihm alle
Ehre, und als Er am folgenden Tag abreiste,
nahm der Wirth weder von ihm noch von seinen
Reisegefährten einige Zahlung an. In Alzei besuchte Er seinen Freund, den damaligen Inspektor Floret, von hier begab Er sich über Mannheim wieder nach Neckargemünd.

Den Freitag nach seiner Ankunft verfügte
Er sich nach Heidelberg, um dem Kirchen-
Rath wegen seiner vollbrachten Reise Bericht
abzustatten und zu erklären, daß Er in Neckar-
gemünd zu bleiben gesonnen seie. Der damalige
Präsident des Kirchen-Raths D. Johann
Heinrich Hottinger zeigte Ihm das eigen-
händige Schreiben des Churfürsten vor, in

welchem bereits sein Nachfolger zu Neckargemünd
ernannt war. Er wurde darüber bestürzt, und
erklärte dem Kirchen-Rath, Er wolle Sr.
Churfürstlichen Durchlaucht in einer Bittschrift
die Gründe darlegen, warum Er diesen Beruf
nicht annehmen und seine Gemeinde in Neckargemünd verlassen könne; der Kirchen-Rath versprach Ihm, sein Gesuch bestens zu empfehlen.
Er überschickte wirklich seine Bittschrift, und da
nach Verlauf von vierzehn Tagen keine Antwort
darauf erfolgt war, so glaubte Er, daß ein an-
derer Lehrer nach Obernheim berufen worden
seie. Seine Hoffnung wurde aber vereitelt, denn
Er erhielte den letzten Oktober i. J. 1659. nachfolgendes Dekret:

Unsern Gruß zuvor, lieber Pfarrer, guter
Freundt!

„Demnach des Herrn Pfalzgrafen Churfürst-
„liche Dhlt. uff Dero unterthänigst eingege-
„benes Memorial samt Ewerer beylag betref-
„fend die Inspection Obernheim gnädigst de-
„kretiret, daß es bey dem unlängst ertheilten
„gnädigsten Rescript verbleibe, und Ihr als
„Inspector zu Obernheim angenommen werden
„sollet; alß wird Euch solches hiemit nochma-

„len notificiret, mit dem Befehl, daß ihr Euch „deßwegen fertig machet, u   ff zukünftigen „Mittwochen bey Kirchenrath erscheinet. Deſſen „zu beſchehen, wir unß verlaſſen.   Signatum „Heydelberg den 28 Oktbr. 1659.

„Churpf. verordnete Kirchenräthe.‟

Dieſer wiederholte Beruf wirkte ſo viel bei Ihm, daß Er ſogleich Anſtalt machte, um bald in Obernheim aufziehen zu können. — Er fand ſich auf die Ihm beſtimmte Zeit bei dem Kirchen-Rath in Heidelberg ein, wurde in Pflichten genommen und erklärte dabei, daß Er kommenden Sonntag ſeine Abſchieds-Predigt zu Neckargemünd aus der Urſache ablegen wolle, weil auf dieſen Tag grade zehn Jahre verfloſſen waren, daß Er daſelbſt ſein Amt angetreten und die erſte Predigt gehalten habe; der Kirchen-Rath möge alſo dafür beſorgt ſeyn, daß ſein Nachfolger ſogleich aufziehen möge, damit der Gottesdienſt nicht unterlaſſen würde.   Sein Geſuch wurde genehmigt, er ging ruhig nach Neckargemünd zurück, und nahm am beſtimmten Sonntage in einer rührenden Rede über die Worte der Apoſtelgeſch. 20. V. 27. Ich habe Euch nichts verhalten, daß ich nicht ver

kündiget hätte allen den Rath Gottes
— von seiner ··uren, Gemeinde Abschied.

* * *

Seine neue Gemeinde holte Ihn mit vierzehn
Fuhren zu Rhein-Dürckheim ab, und Er kam
glücklich mit seiner Familie in Odernheim an,
woselbst Er am ersten Advent-Sonntag durch das
Amt zu Alzei und den dortigen Inspektor J.
Gottf. Floret seiner Gemeinde vorgestellet, und
Ihm das Ort Biebelnheim als eine Tochterkirche
übertragen wurde.

Er bezog nachfolgende Besoldung: Von der
Collectur in Alzei 76 fl. — Korn 85 Mltr. —
Wein 2 Fuder. — An kleinen Zinsen zu Biebeln-
heim ohngefähr 40 fl. — Das ansehnliche Pfarr-
gut zu Odernheim. — An Wiesewachs 9 Morgen.
An Weinbergen 5 1/2 Morgen.

Seine Familie erhielte nach und nach auch
einen beträchtlichen Zuwachs, indem Ihm den
13 März 1660 ein Söhnchen gebohren wurde,
dem Er in der h. Taufe den Namen seines zu
Weinheim als Inspektor verstorbenen Bruders

Ernst beilegte 24). — Den 18 Oktober i. J. 1662 beschenkte Ihn seine Hausfrau abermals mit einem jungen Sohn, der in der h. Taufe Jakob Friederich genannt wurde; Taufzeugen waren der churpfälzische Amtskeller zu Alzei Friederich Casimir Müller und Elisabeth, eine Tochter des Rathsverwandten von der Mühlen zu Odernheim, sodann Ihr Vetter, der Kaufmann Jakob Mitz zu Köln.

Im Jahr 1664 entstunde zwischen Churpfalz, Chur Mainz und dem Herzog von Lothringen wegen dem Wildfangs-Recht 25) ein förmlicher Krieg. J. J. 1665 wurde Odernheim von den Mainzer Truppen auch belagert, und nachdem die Stadt vier und zwanzig Stunden lang mit

---

24) Dieser Ernst wurde nachher Rektor an dem Gymnasium zu Neustadt.

25) Das Wildfangsrecht besaß damals der Kurfürst von der Pfalz in den meisten Aemtern am Rhein. Nach diesem Recht wurden die unehlich gebohrne und die Fremden, die in diese Aemter zogen, nach Verlauf einer bestimmten Zeit in die Zahl der Leibeigenen aufgenommen.

G

sieben Stück beschossen wurde, hat sie sich, da
es Ihr an Leuten und Munition mangelte, an
Churmainz ergeben müssen. Sowohl bei der Belagerung als auch bei der Einnahme der Stadt
hat unser Gottfried mit seiner Familie sehr
vieles ausstehen müssen. Während daß die Stadt
beschossen wurde, war sein Haus mit sehr vielen
Leuten aus seiner Gemeinde angefüllet; da Er an
der Gartenthüre mit seiner Hausfrau sich über
mancherlei berathschlagt hatte, begab Er sich
mit seinen Kindern in den Keller, und machte
einige Bettstellen für dieselbe; kaum waren sie in dem
Keller angelangt, so fuhr eine sechspfündige Ka-
none auf die Stelle, wo Er so eben mit den Seinigen gestanden war; diese Kugel hob Er zum
Undenken auf. — Da aber am folgenden Tag
die Stadt mit Accord an die Mainzer übergeben
wurde, flüchteten sehr viele Leute in die Kirche,
wohin Er sich auch mit den Seinigen begab; als
Er aber darinnen große Unordnung wahrnahm,
ging Er mit seiner Familie nach Haus. Kaum
war Er daselbst angelangt, so wurde stark an
die Thüre seines Hauses geklopft, er öffnete dieselbe und zwei Soldaten drangen in das Haus,
sezten ihm eine Pistole auf die Brust und begehrten sein Geld. Er erinnerte sie an ihre Pflicht

und bewieß ihnen, daß sie zu Gewaltthätigkeiten keine Ordre hätten, gab Ihnen aber doch einen Thaler, damit aber nicht zufrieden, forderten sie mehr Geld, seine Frau gab Ihnen noch zwei Thaler, darüber wurden sie aber unwillig und einer von ihnen nahm unserm Gottfried mit Gewalt die Schlüßel, sie öffneten nun Kisten und Kasten, fanden aber nichts, das ihnen anständig war und das sie verbergen konnten. Gleich beim Anfang dieses Vorfalls lief seine zehnjährige Tochter Sara auf die Straße, und machte unter erbärmlichen Geschrei den Leuten kund; die Soldaten wollten ihren Vater erschießen, einige Officiers hörten es, schickten sogleich zwei Gefreiten als Schußwache (Sauve garde) in des Inspektors Wohnung, welche die beiden Soldaten fortjagten und so lang im Haus blieben, bis die Truppen einquartirt waren; Sie erhielten Essen und Trinken und Jeder einen Thaler für den zweistündigen Schuz. Kurz hernach kam der Kapitai ı Stutt, der seinem Hause allen Schuz versprach, und sein Versprechen auch treulich erfüllte; denn das Ihm nachher gewaltsam genommene Pferd mußte auf Befehl des Kommandanten und Oberstwachtmeisters Freiherrn von Grimmenstein sogleich wieder ausgeliefert werden. — Einige

Täge nachher erbrachen einige Lothringer Soldaten den Keller seines Nachbars, schleppten den
darinnen aufbewahrten Wein mit Zubern fort,
und wollten nun auch in seinem Keller den Ver-
such machen; der Kapitän Stutt kam aber un-
versehens dazu, jagte die Räuber davon, lief
sodann in die Studierstube unsers Gottfrieds,
begehrte Papier, Feder und Dinte, und schrieb
folgendes darauf: „Sauve-Garde für Herrn
Inspectoren aus Special Befehl Chur-
Maynz." Diesen Zettel heftete Er sodann an
das Thor, und Er erhielte dadurch in seinem
Haus Ruhe, freilich mußte Er diese Freundschaft
mit Wein, Bier, Hämmeln u. dgl. erwiedern.
Auch mußte Er einen gefangenen Jäger, Namens
Samuel Rittersbach, in sein Haus auf-
nehmen und für ihn Kaution leisten, der nach
einigen Wochen fünf und zwanzig Königsthaler
bezalte und dann auf freien Fuß gestellt wurde.

Nach Verlauf eines Monats aber wurde die
Stadt Odernheim wieder an Kurpfalz überlie-
fert, hatte aber unschuldigerweise die Gnade Ihres
Gerechtigkeitliebenden Kurfürsten durch folgende That verloren:

Einige Tage vorher, ehe Odernheim von den Mainzern belagert wurde, kam der Kurfürst von der Pfalz mit seinen Truppen gegen Abend vor der Stadt an; der Kurfürst begab sich in den Sturmfederschen Hof, woselbst Ihro Durchlaucht in der Nacht um zwei Uhr den damaligen Schultheißen Nikolaus Pabst zu sich beruffen ließen und Ihn fragten: „Ob keine Schaffnereyen oder Kellereyen in der Stadt wären? — Was diese Schaffnereyen für Wein-Gefälle hätten? Ob man in der Stadt etwas Wein um Geld erhalten könne?"

Der Schultheiß erwiederte: „Ich weiß nicht mehr als vier Ohm, so die Schaffnerey Gommersheim zu beziehen hat; auch weiß ich nicht, ob etwas Wein zu verkaufen der Orten möchte gefunden werden, auch weiß ich nicht, ob es sich in den Fässern möchte schicken."

Der Kurfürst nahm diese unverständliche Worte sehr zu Herzen, und der Schultheiß verschwieg sämtlichen Rathsverwandten dieses Gespräch. — Als am folgenden Morgen Karl Ludwig zum Thor hinaus ritt', sagten Ihro Durchlaucht unterm Thor zum General-Kom-

missär: „Sehet Ihr, ob Ihr etwas Wein
von den Odernheimern bekommen könnet, ich
habe keine Gnade bey Ihnen."

Der General-Kommissär traf den ver-
sammelten Rath auf der Straße an und fragte
denselben mit harten Worten: „Wie? kann Churpfalz nicht einen Trunck Wein um Geld von
der Stadt Odernheim bekommen? „Einige ant-
worteten darauf: „Man wisse von nichts, es wäre
alles zu Churpfalz Diensten." Sogleich ließ
Einer des Raths seinen Keller öffnen, und vierzehn Ohm Wein hinausführen. Die Reden des
Schultheißen vergaß aber doch der Kurfürst
nicht, und kam durch folgende Geschichten noch
in besseres Andenken. — Als Odernheim mit
Accord übergegangen war und Prinz Vaudemont noch herrlichen Wein in Odernheim gefunden hatte, ließ Er Churpfalz auf eine
spöttische Art kund thun: „Er wolle Ihm von
dem Odernheimer Weine Part geben."

Was vermehrte aber den Unwillen des Kur-
fürsten noch mehr? Der Kommandant von der
Stadt, Kapitän Lieutenant Lange begehrte bei
Uebergab der Stadt von dem Stadtrath ein

Zeugniß wegen seinem Verhalten während der
Belagerung, man ertheilte Ihm folgendes: "Die
Uebergab der Stadt seye geschehen aus Mangel
Volcks, wie auch Krauts und Loths." Der
Kommandant überredete den damaligen Stadtschreiber Johann Kasimir Brunck, Ihm
ohne Vorwissen des Raths ein anderes Zeugniß
auszufertigen. Der Stadtschreiber erfüllte
seinen Wunsch, und gab Ihm folgendes begehrte
Zeugniß: "Die Bürger seyen rebellisch worden,
hätten die Wehr hinweg geworfen und nicht fech-
ten wollen." Das Siegel von dem rechtmäßigen
Zeugniß wurde abgenommen, dem falschen auf-
gedruckt und ohne Vorwissen des Stadtraths
bekräftigt. — Auf dieses dem Kurfürsten über-
gebene Zeugniß erfolgte daß die Stadt natürlich
entehrende und Ihr höchst schädliche Dekret:

"Diejenige, so eine Mauer haben und sich
"wehren können, aber nicht thun, sind solcher
"Mauer nicht werth, darum breche man solche
"ab."

Gleich darauf erhielte ein kurpfälzischer Ober-
ster, Namens Saint Paul, die Ordre, die
Brustwehre der Stadt Obernheim abzubrechen.

Streng wurde auch dieser Befehl vollzogen, indem auf einen Sonntag der Anfang damit gemacht wurde. — Unser Gottfried that' gleich dem Burgermeister und einigen des Raths den Vorschlag: „man solle den Obersten bitten, etliche Tage einzuhalten, die Stadt wolle bei dem Churfürsten um Schonung ansuchen.“ Aber keiner hatte das Herz diesen Gang zu wagen. Unterdessen kam es an den Tag, daß das vom Stadtschreiber Brunck verfertigte falsche Zeugniß schuld an dieser Zerstörung seie. — Unser Gottfried ritt also Namens des Stadtraths und der Burgerschaft, zu Odernheim nach Alzei zu dem Reichsgrafen Christian zu Sayn und Wittgenstein, der damals kurpfälzischer geheimer Rath und Burggraf zu Alzei war. Der Burggraf empfing unsern Inspektor sehr freundschaftlich und verwies Ihm lachenden Mundes, daß Er Ihn noch niemals besucht habe 26).

---

26) Wie haben sich doch die Zeiten geändert!!! Wie schwer hielt es bisher, wenn man Audienz haben wollte, wie viele Bedienten mußte man nicht erst mit klingender Münze erkaufen, ehe man zum gnädigen Herrn eintreten durfte — und meistens mußte man, besonders wenn der Supplikant protestantischer Re-

Nach gemachter Entschuldigung entstand zwischen Ihnen folgendes Gespräch:

Burggraf. Wie gehet es zu Obernheim?

Inspektor. Ihro Gnaden! es stehet gar schlecht, würde aber ohne Zweifel mit Obernheim niemahlen dahin kommen seyn, wenn Ihro Dchlcht unser gnädigster Churfürst und Herr nicht fälschlich wären berichtet worden.

Burggraf. Ihr seyd selbst schuldig daran, ihr habt euch nicht wollen wehren.

Inspektor. Wenn es Ihro Gnaden nicht zuwider ist, will ich kürzlich den Verlauf der ganzen Sache erzählen: Als die Stadt von den Churmaynzischen und Lothringischen Völckern, so sich für 11000 Mann ausgaben, berennet wurde, habe ich in meinem Haus, welches nicht weit von der Stadtmauer abgelegen ist, gesehen, daß nicht allein die Bürger mit ihrem Gewehr

---

ligion war, mit leeren Versprechungen sich begnügen. — Es thut einem Biedermann entsetzlich wehe, wenn Er von der Laune mürrischer und habsüchtiger Diener abhangen soll, die dann doch meistens alles vermögen, ja sich vom Koch und Friseur bis zum geheimen Rath emporschwingen können!!!

sich auf die Stadtmauer begeben haben, ehe und
bevor sie Ordre erhielten, wo ein Jeder Posto
fassen sollte, sondern daß auch Weiber und Kinder eine Menge Steine auf die Stadtmauer trugen, um den Feind abzuwehren. Auch wäre
es eine Thorheit vom Feind gewesen, die Stadt
mit sieben Stück vier und zwanzig Stund ohne
Aufhören zu beschießen, wenn er keine Gegenwehr
aus der Stadt verspürt hätte; welchen Schaden
der Feind dabei gelitten habe, wird er am besten wissen. — Da es an Bley mangelte, wurden
die Dachrinnen (Rändel), zinnerne Schüsseln und
Kannen zerschmolzen, bey Uebergab der Stadt
fand der Feind noch einen beträchtlichen Theil
solcher Kugeln. — Das Unglück der Stadt ist
aber hauptsächlich dem Stadtschreiber Brunck
zuzuschreiben, welcher das falsche Attestat geschrieben und ohne Vorwissen des Stadtraths das
städtische Siegel darauf gedruckt hat. Der ganze
Betrug ist nun aber entdeckt und dem Oberamt
bekannt.

Burggraf. (erblaßt über diese Nachricht, rief Er
aus:) O Ihr armen Leute! Euch muß geholfen
werden.

Der Inspektor mußte bei der Tafel blie-

ben, und das Oberamt erhielte sogleich den Befehl, einen Bericht wegen Odernheim aufzusezen,
und der Burggraf versprach dabei, an Ihro
Churfürstliche Durchlaucht selbst zu schreiben und das Schreiben nebst dem Bericht durch
einen Ellboten überbringen zu lassen. Er trug
aber auch unserm Inspektor auf, dem Stadtrath zu Odernheim anzudeuten, daß derselbe eine
Bittschrift an den Kurfürsten absenden möge.
Dieses geschah auch, und auf ihre Schrift wurde
folgende Antwort geschrieben: Ist schon befohlen. Die nach Heidelberg abgesandte Bürger
konnten diese Worte nicht begreifen, als Sie
aber nach Odernheim zurückkamen, wurden Ihnen
diese Worte deutlich; denn der Kapitän-Lieute-
nant Lange hatte den Befehl erhalten: „Keinen
Stein mehr abzubrechen und sich sogleich mit seinen Dragonern nach Heidelberg zu begeben. „So
erfreulich dieser Befehl für die städtischen Bewohner war, so niederschlagend war er für den Kapitän Lange, dessen Absicht, den ganzen Winter
in Odernheim zu verbleiben, vereitelt wurde.
Kaum war Lange mit seinen Dragonern in
Heidelberg angekommen, so wurde derselbe arre-
tirt und seine Dragoner entlassen.

Den 12 März i. J. 1666. wurde abermals die Familie unsers Inspektors mit einer Tochter vermehrt, die in der h. Taufe die Namen Johanna Maria erhielte, Taufzeugen waren die Tochter des Schultheissen Kornelius von der Mühlen zu Odernheim, und der Rathsverwandte Gerhard Rheinhard zu Neckargemünd.

Im August d. J. 1666 muste Odernheim abermals einen Strauß aushalten, indem zwölf Eskadrons Lotharingische Reuter in der Nachbarschaft ankamen, dann vor die Stadt rückten und eine Brandschazung verlangten. Die Stadt bot ihnen fünfzig Reichsthaler an, da aber diese Summe ihnen nicht genügte, so unterredeten sich etliche Mitglieder des Stadtraths mit einigen Officiers vor dem Thor; während dieser Unterhandlung schlichen einige Officiere zu dem kleinen Thor, an welchem die Wache nicht gut besezt war, unter dem Vorwand in die Stadt hinein: „Sie wollten die Stadt besehen." Gleich darauf begaben sich die übrige Officiere auch in die Stadt, gaben aber sogleich die Ordre, daß kein Gemeiner sollte in die Stadt gelassen werden Sie liessen sogleich die Thore besezen und alle in

der Stadt befindliche Pferde mußten auf den
Markt gebracht werden, da sie sich dann erklärten, daß sie einige davon zu ihrem Dienst aus-
suchen und statt der angesezten Brandschazung
annehmen wollten. Was geschah aber: Sie nahmen nicht nur ein und vierzig Stück Pferde weg,
worunter das unsers Inspektors auch mit
begriffen war, sondern sie durchsuchten auch alle
Häuser und Winkel, indem sie wußten, daß
Pferde versteckt waren, denn sie hatten ja die
Liste der in Odernheim sich befindlichen Pferde.

Der Kurfürst, über das Verfahren der
Lothringer aufgebracht, befahl Repressalien gegen
sie zu gebrauchen, wodurch Odernheim in Angst
und Schrecken versezt wurde, die meisten Bürger
der Stadt flohen nach Alzei und Oppenheim,
so daß nur drei Bürger in der Stadt blieben.
Da die Gemeinde unsers Inspektors sehr
zerstreuet war, so begab Er sich auf Anrathen
des Burggrafen mit seiner Familie nach Alzei,
woselbst sie von dem Inspektor Floret sehr
freundschaftlich aufgenommen worden sind. Sein
Haus überließ Er einem alten Knecht und einer
treuen Magd. Die Pest wütete damals so sehr in
Alzei, daß täglich über zwanzig Personen begra-

ben wurden. Das Haus des Inspektors Flo-
r et blieb' aber von dieser Seuche verschont, so
daß nicht eine Person im Haus krank wurde,
obgleich in der ganzen Stadt nicht drei Häuser
unangesteckt geblieben waren.

Während seines vierteljährigen Aufenthalts in
Alzei versah' unser Juspektor öfters die Kir-
chendienste; da aber sich nach und nach wieder
seine zerstreute Gemeinde in Obernheim gesam-
melt hatte, so begab Er sich nach Obernheim,
um ein Kind zu taufen, kaum war Er in die
Stadt eingegangen, als Ihm ein Bürger begeg-
nete und die Anzeige machte, daß er einige Todten zur Ruhestätte begleiten wolle. Er sagte Ihm:
„Wartet noch eine halbe Stunde, ich werde die
Leichenrede halten;" welches auch geschehen ist.
Am folgenden Tag, als er mit den Seinigen in
Obernheim wieder eingezogen war, starb seine
Base Anne Kunigunde Conradi, ein Mädchen von eilf Jahren, an den Folgen der Pest,
die damals auch in Obernheim stark wüthete.
Auch unser guter Inspektor mußte, da Er
von dieser Seuche angegriffen wurde, acht Wochen lang das Bett hüten, seine Frau und Kinder aber blieben verschont, obgleich sie beständig

um und bei Ihm waren. Kaum war Er wieder
genesen, so versah' Er sein Amt wieder, aber
wegen der Kälte hielt Er den Gottesdienst auf
dem Rathhaus, da seine Gemeinde durch die
Pest sehr geschwächt war, und Er die Kälte
noch nicht vertragen konnte.

Im Jahr 1667, nachdem die Streitsache wegen dem Wildfangsrecht zu Heilbronn entschieden
war, kam Kurfürst Karl Ludwig nach Obernheim, um alles in Augenschein zu nehmen. Schon
vorher erhielte unser Inspektor den Auftrag:
Er solle im Namen des Stadtraths den Kurfürsten bewillkommen; obgleich Er dieses Gesuch
abschlug und vorwendete, daß dieses dem Stadtschreiber gebühre, so mußte Er doch auf inständ-
iges Anhalten der Bürgerschaft einwilligen. Er
bat', man möchte Ihm vorher die Ankunft des
Kurfürsten bekannt machen, dieses geschah'
aber nicht, denn der Kurfürst hatte sich schon
bis auf einen Büchsenschuß der Stadt genähert,
als Ihm erst die Anzeige gemacht wurde. Schnell
kleidete er sich an und begab sich mit dem Stadtrath
an das Thor, da aber der Kurfürst nebst seinem Hofstaat sich seitwärts wendeten, so glaubten sie, Er würde zu dem andern Thor einrei-

ten, sie eilten also durch die Stadt nach dem
andern Thor, erfuhren aber von einem aus dessen Gefolge: daß Ihro Durchlaucht um die
Stadt reiten und zum untern Thor einziehen
würden." Unser Inspektor kehrte also mit
dem Stadtrath wieder nach dem untern Thor
zurück.

Kaum hatte sich der Kurfürst Karl Ludwig dem Thor genähert, so grüßte derselbe die
Anwesenden, hielte aber nicht still, sondern ritt'
in die Stadt hinein, unser Inspektor und
der Stadtrath folgten Ihm nach; da Sie die
Ruinen der Stadt eingesehen hatten, sagten Sie
nachdrücklich: Sie haben mehr gethan,
als Ihnen befohlen gewesen." Als der
Kurfürst wieder umgekehrt war, und unsern
Inspektor auf einer Anhöhe stehen sah, sagten Ihro Durchlaucht: „Herr Inspektor! wir
haben zu eilen, und nicht Zeit Uns lang aufzu-
halten." Der Inspektor erwiederte kurz: „Der
ganze ehrsame Rath und eine löbliche Bürgerschaft freuen sich herzlich Ihro Dchlcht als Ihren gnädigsten Churfürsten und Herrn in guter
Gesundheit zu sehen, wünschen alle Prosperität
und Wohlfahrt." Der Kurfürst ritt' weiter,

und unter dem Thor wurde Ihm ein Trunk Wein gereicht, Er nahm aber solchen nicht an, sondern sagte: „Sparet euren Wein, bis die Lothringer wieder kommen." Am Thor kehrten Ihro Durch-laucht wieder um, ritten abermals durch die Stadt, und da unser Inspektor noch nah' am Thor war, fragte Ihn der Kurfürst: „Herr Inspektor! wie lange seid Ihr in der Stadt Diensten?

Inspektor. Gnädigster Churfürst und Herr! Es sind nun acht Jahre, daß es Gott dem Herrn und Ihro Churfürstlichen Durchlaucht beliebet haben mich hieher zu berufen.

Kurfürst. Seid Ihr auch in der Belage-rung gewesen?

Inspektor. Ja.

Kurfürst. Seyd Ihr auch geplündert wor-den?

Inspektor. Es ist noch ziemlich gnädig abgegangen, doch nicht ohne Schaden.

Kurfürst. Sollte es Einem nicht wehe thun, daß man dem Feind mehr zugethan ist, als, bem Fürsten des Landes. Man soll zwar den Feinden Gutes thun, aber solchen Feinden?

H

— Ihr werdet die Jugend eines beſſern berichten, wie Sie ihre Obrigkeit reſpektiren ſolle.

Inſpektor. Gnädigſter Churfürſt und Herr! Gleichwie ich bisher meinem äußerſten Vermögen nach, das mir Gott dargereichet, mein Amt desfalls gegen Kleine und Große habe angelegen laſſen ſeyn, als werde auch demſelbigen in das künftige gehorſamſt ſuchen nachzukommen.

Kurfürſt (indem Sie auf den neben dem Inſpektor ſtehenden Schultheißen Nikolaus Pabſt deuteten) Herr Inſpektor, iſt das euer Burgermeiſter?

Inſpektor. Nein, gnädigſter Churfürſt und Herr! es iſt der Schultheiß.

Kurfürſt (zum Schultheißen) Du biſt eben der rechte Geſell! es iſt aber noch nicht ausgemacht 27).

---

27) Glücklich iſt das Land, in welchem der Fürſt ſeine höhere und niedere Beamten kennt, ſelbſt für das Wohl des Staats wacht und nicht die Herrſchaft in die Hände treuloſer, habſüchtiger, despotiſcher und bigotiſcher Staatsdiener übergiebt; welche Ihm das Land als ein Elyſium ſchildern, unterdeſſen aber die Gerechtigkeit verlaufen, die Bewohner des Landes ſchinden und quälen, die Auflagen erhöhen und damit ihre

Ihro Durchlaucht ritten hierauf durch die
Stadt, schickten aber noch Einen aus Ihrem
Gefolge an den Inspektor ab, und ließen Ihn

Beutel füllen, die der schwelgerische Aufwand immer
wieder leeret. — Welche Treue ist von einem Beamten zu erwarten, der eine ansehnliche Summe Gel-
des seiner Familie entziehen und damit die Bedienung zahlen muß, die Ihm übertragen werden soll.
Die ganz natürliche Folge ist, daß Er das Kapital
wieder zu erwerben sucht, da Er nun dieses aber auf
eine gerechte Art nicht bewirken kann, so nimmt Er
seine Zuflucht zu ungerechten Erwerbmitteln, die hier
alle mit ihren gebrandmarkten Titeln zu nennen mir
zum Ekel ist. Genug: der Biedermann wird hintan-
gesezt, die Gerechtigkeit wird versteigert, der Witwen und Waisen Eigenthum wird verpraßt, von dem
Mark der Bürger und Bauern werden Palläste und
Lustgärten erbauet, deren Wände und Verzierungen
von dem Schweiß und Blut der Unterthanen g'änzen,
triefen und um Vergeltung schreien. — Werden aber
solche Despotenknechte, solche Blutsauger nicht be-
straft? Aeuserst selten, denn sie stehen mit den hö-
hern Vampiren im Bunde, zollen Ihnen öfters von
Ihrem Räubergute, und dörfen kühn schinden und
die Menschenrechte verdrehen. Wagt' es auch einmal
ein gekränkter und mißhandelter Bürger, die unge-

H 2

fragen: „Wo Er zu Haus seie?" Der Inspektor
antwortete kurz: „Er seye zu Braunfels in der
Grafschaft Solms gebohren, woselbst sein Va-

---

rechtigkeiten eines solchen Ungeheuers zu rügen, so
wird Er für diesen Frevel mit Gefängnißstrafe belegt,
oder, wenn Er Vermögen hat, so raubt man Ihm
durch einen Richterspruch dasselbe und macht ihn zum
Bettler. Edeldenkende Männer, denen das Wohl
des Vaterlandes am Herzen liegt, müssen schweigen,
denn ihre Macht ist eingeschränkt, und man weiß es
so zu ordnen, daß sie nie solche Stellen im Staat
erhalten, durch welche ihnen der Zutritt zum Fürsten des Landes offen steht. und sie Ihm die erbärmliche Lage desselben schildern könnten. Dem
Fürsten bleibt also die wahre Lage seines Landes unbekannt, wenn Er nicht Jedem, auch dem geringsten
Bewohner des Landes, freien Zutritt gestattet; die
traurige Erfahrung überzeugt uns durch viele Beispiele hievon. — Darf aber jeder Bauer und Bürger,
Witwen und Waisen, Herr und Diener ungescheut
vor seinen Fürsten tretten und sein Gesuch vortragen,
so wird dadurch manchem Uebel vorgebeugt, dem de-
spotischen Beamten sind die Hände gebunden, der
Handel und Wandel mit den Stellen des Staats ist
Contreband, nicht blos der reiche Dummkopf kann
Ansprüche auf eine Bedienung machen, das Vermögen

ter zwei und zwanzig Jahre Hofprediger gewesen
seye." Als hierauf der Kurfürst nach Oppenheim
kam, fragten Ihro Durchlaucht abermals den
Inspektor Adami daselbst: „Wo der Inspektor
von Obernheim zu Haus, — ob Er nicht von
Danzig — und ob nicht das sein Bruder
gewesen, der als Inspektor zu Weinheim gestorben seie?" Der Inspektor Adami antwortete: „daß Sie nicht in Danzig gebohren
wären, aber der verstorbene Inspektor zu Weinheim seie vierzehn Jahre Prediger in Danzig
gewesen."

Bei Annäherung der Mainzer und Lothringer
Truppen i. J. 1668 flüchteten fast alle Einwohner Obernheims über den Rhein in das Darm-

---

der Wittwen und Waisen liegt dann nicht mehr in
einer Depositen Kiste, aus welcher es nur mit dem
Verlust der Hälfte gerettet werden kann. — Alle
diese Land und Leute zerstörende Uebel sind gehoben,
wenn der Fürst selbst über die Geseze wacht und der
strengsten Befolgung derselben nachsieht. Dann kann
man mit Recht behaupten: Der Fürst ist Vater
seiner Unterthanen und Herr seiner
Beamten.

ſtädter Land, und da die Alzeier ebenfalls geflüchtet waren, ſo zog unſer Inſpektor mit ſeiner Familie nach Worms, woſelbſt Er ſich ein Viertel-
jahr lang aufhielte. Nachdem zwiſchen den Pfälziſchen und feindlichen Truppen bei Bingen eine
Schlacht vorgefallen war, wobei auf beiden Seiten viele Mannſchaft, auf Seite der Feinde aber
beſonders viele Officiers geblieben waren, zogen
die Pfälzer ſich zurück und ſchlugen bei Worms
ein Lager auf. Der Feind aber faßte Muth
und zog mit ſeiner Armee in das eine ſtarke
Stunde von Odernheim entlegene Dorf Undenheim
und ſtreiften von da nach Odernheim; der junge
Herzog von Lothringen, Prinz Vaudemont,
frug die in dem Städtchen gebliebene drei Bürger: „Wo iſt euer Inſpektor?" und erhielte
zur Antwort: „Unſer Inſpektor hat ſich nach
Worms retirirt. — Die mit dem Prinzen ge-
kommene Soldaten plünderten das Städtchen
rein aus, und die Wohnung unſers Inſpektors
blieb' nicht verſchont. — Denn als der Heilbron-
ner Vertrag wegen dem Wildfangsrecht noch-
malen ratifizirt wurde, iſt der Feind den 17
Oktober aufgebrochen, und verlies die Pfalz.
Unſer Inſpektor kehrte allein nach Odernheim
zurück, ſeine Familie aber blieb' noch in Worms

Er fand sein Hauswesen im erbärmlichsten Zustand, sein zurückgelassenes Geld, Früchte, Hausgeräthschaften, Vieh, Wein, ja alles hatten Ihm die Feinde geraubt, und was allenfalls noch übrig geblieben war, machten sich die zurückgebliebene Einwohner theilhaftig. In diese zerrüttete Haushaltung holte Er endlich doch seine Familie von Worms ab.

Den 17 Jänner k. J. 1669 beschenkte Ihn abermals seine Hausfrau mit einem jungen Sohn, der in der heiligen Taufe die Namen Johann Daniel 28) erhielte, dessen Taufpathen waren Johann Jakob Loeffler, Inspektor und Pfarrer zu Neuhausen bei Worms, sodann Johann Jakob Kalbfuß, Stadtschreiber zu Odernheim und Daniel Mitz Kaufmann in Cöln, ein naher Anverwandte seiner Hausfrau.

Im Jahr 1672 begleitete unser Inspektor

---

28) Dieser Johann Daniel Andreä wurde im Jahr 1709 am Heidelberger Gymnasium Conrektor, im Jahr 1726 daselbst Rektor, und starb im Jahr 1752. — Man lese hierüber meines Vaters Gymn. Heidelb. §. 17. pag. 22. seq.

seinen ältesten Sohn Johann Wilhelm nach
Frankfurt, von wo dieser in Gesellschaft eines
Kaufmanns seine Reise über Bremen nach Gröningen fortsezte, um allda unter der Leitung seines Oheims Tobias zu studiren.

Sein zweiter Sohn Ernst besuchte die
lateinische Schule zu Alzei, da aber im Jahr
1674 die Einwohner der Stadt Alzei und der
ganzen Gegend wegen den Kriegsunruhen nach
Mainz flüchteten, so kam Er nach Steeg zu
dem dortigen Pfarrer Johannes Andreä,
einem Sohn des Wilhelm Andreä, Apothe-
kers in Bremen und vierten Bruders unsers
Inspektors.

Im Jahr 1673 starb der dritte Sohn unsers
Inspektors Jakob Friederich im eilften
Jahre an einem auszehrenden Fieber.

Den 26 Jänner im Jahr 1675 wurde unsers
Inspektors älteste Tochter Elisabetha mit
einem Kaufmann aus Hachenburg, Namens
Albert Hoffmann vereheliget, welcher ein
Bruder des Kaspar Hoffmann, Pfarrers
zu Armsheim, war. Der Vater hatte sich vorgenommen, seine Kinder nach Hachenburg zu

begleiten, allein das hier folgende Schreiben des Kirchen-Raths, welches Er den 27 Dezember 1674 schon erhalten hatte, hielte Ihn davon ab,

„Unfern Gruß zuvor, lieber Inſpector und guter Freundt!

„Nachdem Ihro Churfürſtliche Durchlaucht „unſer gnädigſter Herr, auff Kirchenraths „unterthänigſten Vorſchlag Euch zum Pfarr- „herrn und Inſpectorem zu Creußenach gnä- „digſt angenommen, undt dan die höchſte „Nothurfft erfordert, daſſ euer Uffzug dahin, „ſo viel müglich, beſchleuniget werde, alſſ habt „Ihr Euch gleich nach dem neuen Jahr an- „hero zu begeben, umb die gewöhnliche præ- „ſtanda zu præſtiren, und bey Kirchenrath „ferner Beſcheidt zu vernehmen. Unſſ damit „göttlicher Allmacht empfehlend. Heydelberg „den 23 Dezembris 1674.

„Churpfaltz verordneter Kirchenrath.

Dieſe Stelle war bereits ein ganzes Jahr unbeſezt, und alle Subjekte, die bisher um dieſelbe angeſucht hatten, konnten die Beſtätti- gung vom Kurfürſten Karl Ludwig nicht

erhalten, unser Inspektor nahm also diesen
Beruf besonders deswegen gerne an, weil Er in
Kreuznach bessere Gelegenheit fand, seine Kinder
unterrichten zu lassen. — Er begab sich über
Weinheim, woselbst Er seinen Freund, den
Inspektor und Pfarrer Thomson, besuchte,
nach Heidelberg, allda Er von dem versam-
melten Kirchenrath sehr freundschaftlich empfangen und in Pflichten genommen wurde.
Er reiste nach Odernheim zurück, wo Er den
zehnten Jänner noch Gottesdienst hielte, den
folgenden Tag aber nach Kreuznach ritt', dem
dortigen Oberamt sein Berufungs- und Prä-
sentations-Schreiben vorlegte. Von dem Hause
Baaden-Durlach wurde Er auch mit Ehren
als Inspektor an- und aufgenommen, und
erhielte sogleich das Dekret, daß Er den 17
Jänner öffentlich durch den Inspektor Floret
zu Alzei installiret werden solle, welches auch vollzogen worden, nachdem unser Inspektor vorher in Gegenwart einer sehr zahlreichen und an-
sehnlichen Versammlung seine Antrittsrede hielte
über die Worte der Apostelgesch. XX. 28. „So
habt nun acht auf euch selbst und auf
die ganze Heerde u. s. w.

Unser Inspektor glaubte, daß, nach herge-
brachter Sitte und Brauch, der Stadtrath zu
Kreuznach sowohl Ihn als ihren neuen Inspektor, als auch denjenigen, welcher Ihn der Gemeinde vorstellte, mit einem Gastmahl bewirthen
würden, — allein seine Hoffnung hatte Ihn be-
trogen, denn nicht einmahl ein Trunk Wein wurde
Ihnen angeboten. Weswegen unser Inspektor, seinen Freund Floret zu einem Nachtessen
einlud, daß sie vergnügt bei seinem Vetter
Johann Engel verzehrten. Dieses kalte Betragen befremdete Ihn um so mehr, da doch
nach einem besondern Befehl bei der Vorstellung
eines Inspektors zwölf Gulden verabreicht wurden, wovon die eine Hälfte von der geistlichen
Güter-Verwaltung, die andere Hälfte aber von
der Gemeinde entrichtet werden mußte. Unser
Inspektor tröstete sich aber damit, daß Er
rechtmäßig zu diesem Amt beruffen seie und nicht
durch Schleichwege es erhalten habe. Der damals gemeinschaftlichen Herrschaft wurde die
Schuld dieses Betragens beigemessen.

Im Jahr 1681 wurde unserm Inspektor
seine Hausfrau durch den Tod entrissen, dieser
unersetzliche Verlust und die harte Schicksale

des damals wüthenden Krieges haben Ihn
sehr niedergebeugt. Da die Stadt Kreuznach
von dem damals unmenschlich handelnden Feind
mit einem Brand und Plünderung bedrohet
wurde, so flüchteten die meisten Leute aus der
Stadt, und unser Inspektor begab sich auf
vielfältiges Zureden seiner Gemeinde und mit
Bewilligung des kurpfälzischen Kirchenraths nach
Riedesheim 29), um in der Nähe seiner Inspek-
tion zu sein. Da die Kriegsgefahr sich nach
einiger Zeit gemindert hatte, so begaben sich
die Geflüchteten wieder nach ihrem Wohnsitze, und
unser Inspektor hatte sich entschlossen, zu
seiner lieben Gemeinde nach Kreuznach zurückzukehren, allein ein äußerst empfindlicher Schlag-
fluß auf der rechten Seite, womit Er den 22

---

29) Riedesheim, auch Rüdesheim und Rit-
tesheim, ein an der Nahe gelegenes und acht
Meilen von Maunheim entsentes Dorf, eine Tochterkirche von Weinsheim. Dieses Riedesheim,
welches nicht mit Rüdesheim im Rheingau, eine
Meile von Bingen gelegen, darf verwechselt werden,
ist von dem Erzbischof zu Mainz verbrannt worden.
S. Kremers Diplomat. Beiträge. Seite
289, und meines Vaters Crucenacum Pal. pag. 104

April im Jahr 1691 heimgesucht wurde, vereitelte sein Vorhaben. Von diesem Tag an verlies Er nicht mehr das Siechbett, seine Leiden ertrug er mit größter Standhaftigkeit, und nachdem Er ein und fünfzig Wochen hindurch mit den empfindlichsten Schmerzen auf seinem Krankenlager gekämpft hatte, ist Er den 16 April im Jahr 1692 Nachmittags zwischen zwei und drei Uhr im 81 Jahr seines ruhmvollen Alters verschieden; nachdem Er den reformirten Gemeinden in Kurpfalz als Pfarrer 43 Jahre, und als Inspektor 33 Jahre gedient hatte.

Wie unser Inspektor sich gegen Jedermann ohne Unterschied des Standes, der Geburt und der Religion betragen habe, ist aus den Schriften derer, die mit ihm gelebt haben, bekannt; die Anzahl seiner innländischen und auswärtigen Gönner und Freunde kann man aus seinem hinterlassenen Stammbuch, welches ich dermalen besitze, am besten ersehen. Mein Vater hat vieles davon herausgezogen und dem Ende der Lebensgeschichte beigefügt 30) Gegen seine Freunde

---

30) S. meines Vaters Crucenacum Pal. pag. 370—377.

war Er ohne Falsch, gegen seine Feinde versöhnlich und ihr Wohlthäter, in seinen Amtsverrichtungen unermüdet, den Armen, Witwen und Waisen war Er Vater, noch während seiner schmerzvollen Krankheit theilte Er laut Rechnungen einige hundert Gulden unter bedürftige und nothleidende Menschen aus. Doch ich schweige, da Er ein naher Anverwandter von mir war. Sanft ruhe die Asche dieses Biedermanns, und seine späteste Nachkommenschaft erbe die Tugenden und das wohlwollende Herz, die diesen Edlen zierten.

Druckfehler.

Da der erste Bogen ohne Wissen des Verfassers abgedruckt wurde, so sind mehrere Druckfehler stehen geblieben, ich will hier nur die vorzüglichsten bemerken.

Seite 3. Lin. 15. müsse   statt   mußte
— 4 — 3 im — in
— — — 7 lateinischer — lateinischer
— 8 Nota 2. Lin. 2. instrata — in strata
— 10 Lin. 14 Binzen — Bingen
— 11 — 5 Lausanen — Lausanne
— 11 — 20 Neumid — Neuwied.
— 12 — 2 größstem — größtem
— 12 — 11 einrich. — einrichten
— 13 — 8 Futer — Fuder
— 15 Nota. Lin. 9. felgende — folgende
— 15 — — 14 Program — Programm
— 15 — — 21 Glerbach — Gladbach
— 16 — — 22 es muß weggelassen werden.

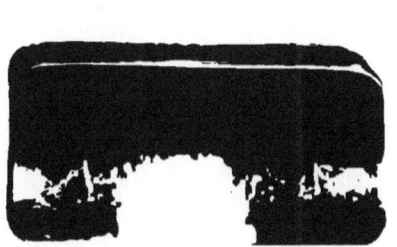

www.ingramcontent.com/pod-product-compliance
Lightning Source LLC
Chambersburg PA
CBHW020409030726
47496CB00007B/2374